みどりの海を覚えている

著：馳月基矢

画：tabi

いろどりブックス｜EYEDEAR

装画　ｔａｂｉ

装幀　ＥＹＥＤＥＡＲ

みどりの海を覚えている

目次

序 005
1 体育館――戻らない時、やつれ切った心 007
2 教会――そばかすを、ひとなで 043
3 渡海船――風を感じて、風になって 079
4 小学校――帰りたかった、この道を 115
5 コケオレ食堂――それから、これから 151
終 187

序

島の海は、ただ青いのではなく、透《す》き通ったみどり色だ。
風のにおいだと思っていたものは、潮《しお》の香りだった。

「久しぶり！」
夏の明るい日差しの下、すでに失われたはずの思い出たちが、わたしに微笑《ほほえ》みかけてくれた。

まるで幸せな白昼夢《はくちゅうむ》を見ているかのような、これは――。

わたしがもう一度歩きだすまでの水先案内となる、まぼろし。
江曽良《えそら》という名の島で起こった、ひと連《つら》なりの絵空事《ファンタジー》。

1 体育館——戻らない時、やつれ切った心

「誰《だい》も残っちょらんとよ。ナナンのおった頃の友達は、もう誰も島におらん」

祖母《そぼ》は申し訳なさそうに言った。

ナナン、という呼び名を聞いたのはいつ以来だろうか。祖母とは年賀状のやりとりだけになっていたけれど、宛名《あてな》では深浦奈波《ふかうらななみ》さま、とフルネームを書いてくれる。祖母と顔を合わせて話すのも、社会人になってからは初めてだ。電話さえもしなくなっていた。メールも、たぶん祖母は使えない。

わたしも、今は携帯《けいたい》電話を持っていない。真新しいスマートフォンを、東京《とうきょう》で捨《す》ててきた。

ナナン、という懐《なつ》かしい響きを頭の中でリフレインする。

あの頃《ころ》、島の女の子はお尻《しり》に「み」のつく名前の子ばかりだった。方言の影響《えいきょう》もあって、お尻の「み」の字を「ン」にして呼んでいたものだ。

「メグンやったかいな。ナナンの同級生は」

「うん」
これもまた、ずいぶん久しぶりに聞いた名前だ。
江曽良小学校に通う同い年はたった一人しかいなくて、女の子だった。芽久美《めぐみ》とい
う。フルネームだと、濱《はま》芽久美。
濱という姓は、江曽良島には多い。子どもでも大人でも、下の名前で呼ばなければ、
何人ものご近所さんが「何《なん》ね？」と一斉に振り返ることになる。
「メグンは、奈良尾《ならお》に住んぢょっちた。ずっと福岡で働いちょったとばってん、戻っ
てきたとよ」
「そうらしいね。引っ越しのはがき、もらったよ」
奈良尾というのは、二つ隣の中通島《なかどおりじま》にある港町だ。長崎港《ながさきこう》や福江港《ふくえこう》とを結ぶフェリー
や高速船がそこに着く。
わたしはついさっき、奈良尾港から江曽良島までバスで揺《ゆ》られてきたところだ。
いや、バスとは名ばかりのワゴン車だった。乗客はわたしひとり。おかげで、ぐっ
たりと目を閉じてもいられたのだけれど。
奈良尾のある中通島から、若松大橋《わかまつおおはし》を渡って若松島へ。そこから中学校の三差路を
左に行って十分ほど走り、コンクリートの橋を渡った先が江曽良島だ。
久しぶりの上五島《かみごとう》の道路に、わたしはすっかり車酔《よ》いしてしまった。右に左に揺さ

ぶられる、アップダウンだらけの山道が続くのだ。

車内はエアコンの効きが悪く、空気が生ぬるかった。古い車のにおいも気持ちが悪かった。

そもそも、長崎港から奈良尾港までの船旅で、わたしはだいぶまいっていた。さほど揺れもしなかったけれど、体調の優《すぐ》れないときに船なんか乗るものではない。フェリーの狭《せま》いトイレでうずくまって、胃に入《い》っていたものもすべて戻した。それでもまだ吐《は》き気が治まらず、すっぱい胃液と苦い胆汁《たんじゅう》まで、全部吐ききった。

空っぽの胃がむかむかする。胃酸で荒れた喉《のど》に痰《たん》が引っかかって、嫌な音を立てている。

バスという名のワゴン車に乗り込むときも、運転手のおじさんにひどく心配された。わたしの顔色がよほど悪かったのだろう。

深浦恵以子《けいこ》という祖母の名を運転手に告げると、バス停ではなく家の前で降ろしてくれた。

わたしを出迎えた祖母は、風の通る北の部屋にてきぱきと布団《ふとん》を敷いてくれた。かつてわたしが使っていた部屋だ。

「晩ごはんまで、ちょっと寝《ね》ちょけ」

「うん。ごめん」

今は、確か十六時を回ったところだ。祖母の夕食は何時だったっけ？　二時間くらいは眠れるだろうか。

「扇風機《せんぷうき》だけでん涼《すず》しかろううっち思うばってん」

「うん、これでいい」

平べったい布団の上に転がって、うめく。

タオルケットを、祖母がおなかの上に掛けてくれた。まぶたを開いてみる。今日初めて祖母の顔をちゃんと見た、と気がついた。

日に焼けた肌、彫《ほ》りの深い顔、こざっぱりと短い灰色の髪《かみ》。

目の色が少し薄《うす》い。緑がかったグレーで、光をよく映し込む。わたしの目の色がグレーっぽいのも、祖母から受け継《つ》いだものだろう。

「晩ごはんのできたら、起こしに来《く》っけん」

低い声でうなるようにしゃべる祖母の声は、記憶《きおく》にあるものと同じだった。

でも、この人もずいぶん年を取ったのだと感じた。しわが増えた。肩《かた》がやせた。小さくなった。

当然だ。

わたしがここで暮らしていたのは、小学校五年生から六年生にかけての頃。もう十五年以上も前のことなのだ。

＊

外資系企業《がいしけいきぎょう》で働く父のことを、不思議な話し方をする人だ、と感じてしまう。幼い頃からそう感じていた。

たとえるならば、日本語吹《ふ》き替《か》え版《ばん》のハリウッド映画だ。

役者の表情やジェスチャーはいかにも外国風でありながら、話す言葉は日本語。ただし、どことなく大げさでよそよそしい日本語なのだ。

父は、まさにそんなふうだ。ジェスチャーが大きいのも、妙《みょう》にドラマチックな標準語をしゃべるのも。

平成の初め、わたしが物心ついたかどうかの頃に、両親は千葉《ちば》の新興《しんこう》ベッドタウンに家を建てた。

町の治安《ちあん》だとか、公立小中学校の校風だとか、東京都心に通勤する利便性だとか、すべてにおいて完璧《かんぺき》に、理想の高い両親の条件を満たす立地だった。

家そのものもまた、それこそハリウッド映画にでも出てきそうな、日本の家屋《かおく》としてはなかなかの好物件だった。

広い庭を持つ我が家では、よくホームパーティが開かれていた。訪れるのは、父の会社の同僚《どうりょう》や取引先の相手。たいていはアメリカ育ちのエリートだった。

父はいつも満面の笑みでおかしな話を披露《ひろう》していた。ひょうきんでありながら、いかにも都会人っぽくておしゃれだった。

そんな父が、まさか長崎の離島《りとう》の出身だとは、傍目《はため》には信じられないことのようだった。父は人を驚《おどろ》かせるのが好きで、「最寄《もよ》りの駅までフェリーで三時間」というのが十八番《おはこ》のネタだった。

思い返してみれば、父が日本語吹き替え版のようなしゃべり方をしていたのは、きっとそうするしかなかったからだ。

島で暮らしていた頃のきつい方言を、必死で直したらしい。

父は、島ではまれに見る秀才だった。長崎本土の進学校に下宿し、大学からは東京。外へ外へと飛び出すことを目指して、都会の振る舞いを身につけた。

そうしなければ成功など手に入らなかった、と父は言う。

父のいわゆる成功というものは、なるほど確かに、僻地《へきち》にある故郷を自分の人生から切り離さなければ成しえなかったのだろう。詳しく説明されるまでもなく、子どものわたしにもそれはわかった。

「五島には何もなかった」

これもまた、父がたまにこぼす言葉だ。

父の生まれ故郷は、上五島だ。長崎県の五島列島は、地勢的には大きな七つの島から成るけれど、行政や慣例上の区分では、下から五つの島を指すことが多い。上五島は、下から数えて四つ目と五つ目の島をひっくるめた呼び名だ。四つ目のほうが細長いハート形をした若松島で、五つ目が十字架《じゅうじか》の形の中通島。二つの島の間には、若松瀬戸《せと》と呼ばれる海が細長く伸びている。江曽良島は、その若松瀬戸の南端あたりに、若松島にくっついて浮かんでいる。父が実家と呼ぶ古い家があるのは、その江曽良島だ。

わたしが初めて江曽良島に行ったのは、小学五年生の夏の終わりだった。その年の九月から父がアメリカ東海岸に赴任《ふにん》することになり、法律関係の翻訳《ほんやく》事務所で働く母も同じ都市での働き口を紹介《しょうかい》されていた。両親の悩《なや》みの種は、小児《しょうに》ぜんそく持ちで不登校気味、引っ込み思案《じあん》で鬱々《うつうつ》とした娘のことだった。アメリカに連れていって、この子は耐《た》えられるだろうか？救いの手を差し伸べてくれたのが、江曽良島の祖母だった。わたしは父の実家に預《あず》けられ、両親と離れて日本に残ることになったのだ。

＊

蚊《か》取り線香のにおいがする。

鼻がつまっていても、このにおいはわかる。喉でも感じ取れるにおいだ。

すぅっと眠りが遠ざかった。

珍しいことに、夢を見なかった。深く質のよい眠りに就いていたらしい。

柱に掛かった、色あせたアナログ時計に目を向ける。まもなく十九時になろうとするところだ。

けだるい体を起こしながら、外の明るさに眉《まゆ》をひそめた。本当に十九時だろうか？

タオルケットを脇によける。部屋を見渡す。

旧式の扇風機。すだれのかかった網戸《あみど》。夕焼け色をした西日。貝殻《かいがら》やシーグラスを吊《つ》るした、古びて音の悪い風鈴《ふうりん》。

ああ、そうか、と思い至《いた》る。日本の西の端にある五島は、東京よりもずっと日の入りが遅い。日の入りの時刻の正確な時差は、確か一時間くらい。

ただ、あたりがすっかり暗くなって夜が訪れるまでを比べると、もっと時差があるように感じられる。五島の澄《す》んだ空は、ずいぶん長い間、黄昏《たそがれ》の淡《あわ》い光を留《とど》めているから。

部屋の隅《すみ》に、真新しい家電製品がある。取引先の小ぎれいなオフィスに、あれと同じものが置かれていた。

「空気清浄機《せいじょうき》……」

意識した途端《とたん》、喉に痰がからまって、嫌《いや》な感じの咳《せき》が出た。

祖母がレースののれん越《ご》しに、台所でのそりと動いた。

「ナナン、起きたっか？」

「起きたよ」

のれんから祖母が顔をのぞかせた。

「古か布団で眠れたね？　埃《ほこり》んせんじゃったか？」

埃がしなかったか、と問うてくる。

急に思い出した。祖母に毎朝「眠れたね？　埃んせんじゃったか？」と問われていたことを。

小学五年生で、ここへ越してきてすぐに、埃が原因とおぼしきアレルギーを発症《はっしょう》した。小児ぜんそくの発作《ほっさ》に加え、鼻の調子も最悪だった。

しばらくは毎朝、鼻をぐすぐす、喉をぜろぜろ鳴らしながら起きるのをくり返していた。

あのときはどうやって体調を落ち着けたのだったか。冬が来る頃には、体育の持久走にもちゃんと参加できるようになっていたはずだ。

　わたしはかぶりを振った。

「大丈夫だよ。眠れた」

「ばってん、鼻声たい」

「このところ、ずっとこんなふうなの。この家に来たからってわけじゃないよ」

「そうね」

「これ、どうしたの？」

　空気清浄機を指差す。

「買《こ》うた。若松ん商店街で」

「あの電気屋さん、まだやってるんだね」

「およ。機械ん修理んできる者《もん》が、ほかにおらんったい。いつまでっちゃやってもらわんば、年寄りは困《こま》ると」

「そうだね」

　わたしはのろのろと起き上がった。

　祖母がわたしのために購入《こうにゅう》したのが空気清浄機だけではないことには、トイレに行ったときに気がついた。

　お風呂場とトイレを結ぶ縁側《えんがわ》の途中の、古びた大きな掃除機《そうじき》を置いていた場所に、新しく上等なサイクロン式の掃除機がすらりと鎮座《ちんざ》している。カーテンのない大窓の向こう側、庭を見下ろすと、大きなごみ袋が四つも置かれている。何が入っているのだろう？

考えをめぐらせかけたところで、はたと思い出した。

子どもの頃、アレルギーがすぐに治まった理由の一つは、祖母が徹底的に掃除をしてくれたからだった。古い敷物《しきもの》や毛布や衣類も、すべてごみに出していた。今回もまた、同じことをしてくれたらしい。突然転がり込むことになったわたしのために、どれだけ骨を折ってくれたのだろうか。

トイレから戻ると、祖母は食卓の椅子《いす》からのそりと立ち上がった。

「晩ごはん、食べらるっか？」

空腹感はない。でも、そう言って食事を拒《こば》めば、祖母を困《こま》らせる。

「少し食べる。船酔いして、まだちょっと気分が悪くて」

「消化んよかもんば、ちっと胃に入れちょけ。胃が空っぽんほうが、吐き気があるときは具合悪かろう。食べられるしこ、食べたらよかけん」

返事をするのが一拍遅れる。島の訛《なま》りを聞き取る耳がすっかり鈍《にぶ》っている。子どもの頃は、わたし自身、しゃべれるようにもなっていたのに。

食卓には、すでに食事の支度《したく》がおおよそ整っていた。夏野菜の煮《に》びたし、大きめの魚のヅケ、小魚の南蛮漬《なんばんづ》け、何かの漬物《つけもの》。

祖母は二人ぶんの味噌汁《みそしる》をよそって、炊飯器《すいはんき》を指し示す。

「ご飯は、自分の食べたかぶんだけ、自分でついで」

つぐ、というのだ。五島の言葉だ。漢字を当てたら「注ぐ」だろう。汁物ではないものも、配膳《はいぜん》をすることを、つぐという。

そういうちょっとした方言が、関東に戻ってからもしばらく抜けなかった。方言だと気づいてもいなかった。

それで、「おかしいよ」と指摘《してき》されることがあった。わたしはけろりとしたふりで「そうなんだ？」と笑ってみせた。「おばあちゃんがすごい田舎に住んでてさ」と。

本当は、恥《は》ずかしかった。そういう小さな失敗ほど忘れられず、胸に刺《さ》さってちくちくと痛み続ける。

ずっと耐えて隠してきたけれど、そろそろ、もうだめだ。

失敗による痛みが、つまずいたせいでできたすり傷が、積もり積もってわたしを苛《さいな》んでいる。耐えきれる限界を超《こ》えて、わたしを押しつぶしにかかっている。

おかしいとか、間違っているとか、ずれているとか、大人らしくもなく弱っちい負け犬だとか。

否定的な言葉がそのあたりでちらついたら、それだけで、頭を抱えてうずくまって立ち上がれなくなる。吐いてしまう。

何て情けないんだろう。

とっくに克服《こくふく》したはずの小児ぜんそくが戻ってきてしまったのも、この弱さのためだった。人と同じ程度の学校生活さえ送れなくて悩んでいた、子どもの頃と同じ。

わたしは咳払《せきばら》いをして、祖母の隣《となり》に立った。炊飯器の蓋《ふた》を開ける。ふわっと湯気《ゆげ》が立ち上《のぼ》った。

「炊《た》き立てばい」

「うん。お米がつやつやしてる」

しゃもじでご飯を切るように、さっくりと混ぜる。

手が自然と動いた。大人になってから自炊なんてろくにしてこなかったのに、体が覚えていた。かつて祖母とこの家で二人で暮らしたときに、教わったことだ。

昔使っていた花柄の茶碗《ちゃわん》が、戸棚《とだな》のあるべきところに置かれていた。目の高さが変わったことを感じながら、茶碗を取ってご飯をよそう。

あ、と声を漏らした。この茶碗なら、食べるべき量がちゃんとわかる。

このところ、空腹感も満腹感もわからなくなって、食べなかったり食べすぎて吐いたりをくり返していた。ものを食べるという、当たり前のことさえ、まともにできなくなっていたのだ。

「今日は、食べれそう」

「およ」

短いあいづちを打った祖母が、小さく笑った。

＊

江曽良島は、釣り針《つばり》のような形をしている。

曲がった外側は切り立った崖になっていて、とても上陸できない。内側は、海際にわずかながら平地があって、そこに集落が築かれている。

子どもの頃に見ていた景色は、まるで古い写真のアルバムのようだ。途切れ途切れで、連続していない。どうにか思い出せるものも、すべて色あせている。

家と、学校と、ほんの小さなお店が一軒と、郵便《ゆうびん》ポストと、素朴《そぼく》で美しい教会と、船着き場と、漁協の出張所と、公民館があった。

道路は、若松島とつながる橋のたもとがアスファルト敷きなのを除いては、コンクリートでできていた。

若松瀬戸は流れの速いところがあったり、時には渦《うず》が巻いていたりもする。でも、江曽良島という釣り針の内側は、よほどのことがない限り、凪《な》いでいた。

江曽良島に着いた日の夜は、妙に神経が冴《さ》えて眠れなかった。寝転んだまま、虫の鳴くのを聞くともなしに聞いていたら、いつの間にか夜が明けていた。

何だか、空っぽだ。

少しの着替えのほかには何も持たずに、ここに来た。

何も、というのは、文字どおりだ。

パソコンも手帳《てちょう》もスマートフォンも、すべて捨てた。暇《ひま》つぶしになるようなものもない。仕事人間だったわたしは、この数年、本なんか一冊も読んだことがなかった。

目覚まし時計を鳴らすでもなく、祖母は早朝に起き出した。

「おばあちゃん、おはよう」

一応、わたしは顔を見せてみた。

「おはよう。眠れんじゃったか」

夜通し起きていたことに、なぜだか気づかれている。動き回ったりなどしなかったのに。

わたしはごまかした。

「船で寝てきたせいかな。あんまり眠くならなくて」

「無理はせんこったい。朝ごはんは食ぶんね？」

「いや、ちょっと……」

昨日の夜、さほど食べたわけでもないのに、胃もたれが続いている。わたしは、麦茶だけもらって部屋に引っ込んだ。

朝ごはんをとった祖母は、さくさくと身支度を整えると、近所の人の船で出掛けてしまった。

「ゆっくりしちょけ。食べらるっごとなったら、冷蔵庫のもんは何でん食べてよか。ばあちゃんは、昼には帰ってくっけんな」

長靴《ながぐつ》に帽子《ぼうし》、長そで長ズボンの作業着で、軍手《ぐんて》をポケットに突っ込んでいた。若松瀬戸の魚の養殖《ようしょく》の仕事を、今でも手伝っているらしい。

八十歳を超えたおばあさんが、そんな格好で仕事をしに行ったのだ。「ゆっくりしておけ」と言われても、後ろめたくて仕方がない。

とにかく、早く回復しなくては。せめて、起きて過ごしていられるくらいに。

横になって目を閉じてみた。でも、まぶたの裏がチカチカしてまぶしい。そのチカチカに神経を刺されるせいで、眠気が一向にやって来ない。

「きついなあ……」

家にいても、どうしようもない。

わたしは、外に出ることにした。

あてもなく、コンクリートの道を歩きだす。

木陰《こかげ》が涼やかだった。蟬《せみ》しぐれが降ってくる。風がすーっと吹き抜けていく。

遠くから漁船のエンジン音が聞こえてくるほかは、人の気配が感じられない。

あてなどなかったはずだけれど、足が向かう先は、通い慣れた道だった。学校を目指している。祖母の家から目と鼻の先だ。

「若松町立、江曽良小学校」

わたしが卒業した学校だ。一年半、通った。全校児童十二人の小さな学校だった。

丸木の門柱が左右に立つだけの、ごく簡素な門が残っている。

校舎は、赤い瓦屋根《かわらやね》の木造平屋建《ひらやだ》て。体育館も赤い屋根だ。敷地を囲むブロック塀《べい》やフェンスといったものはない。

コンクリート敷きの道と、子どもの胸の高さの堤防《ていぼう》を隔《へだ》てると、すぐそこがいきなり海だ。

一度だけ、思い切り蹴《け》り上げたサッカーボールが堤防を越えて海に飛び込んだことがあった。

あのボールを蹴ったのは、一つ年下の男子で……。

「……ああ、そうだ。タカだ。隆也《たかや》だ」

忘れていた名をつぶやいた。

タカは、メグンの従弟《いとこ》だ。二人は家が隣同士で、ほとんど姉弟《きょうだい》みたいだった。わたしはメグンと一緒にいることが多かったから、タカとも仲良くしていたものだ。

「海に落ちたボール、結局、どうなったんだっけ？」

落ちた瞬間《しゅんかん》の驚きと、なぜだかわいてきた大笑いは思い出せるのに、ボールの行方《ゆくえ》を忘れている。

サッカーボールの海ポチャ事件は、わたしが五年生の頃のはずだ。だから、Jリーグが発足して三年目のことだ。

野球よりサッカーのほうが、わたしたちにとっては身近だった。野球はそれなりの人数と道具と役割分担が必要になるけれど、サッカーはボールひとつあれば、一人でも複数人でも遊べる。

ただ、正式なサッカーの試合はしたことがなかった。

だって、全校児童十二人だ。

一つ上の学年は一人もいなかった。わたしの学年は女子二人、タカの学年は男子三人、その下は女子二人と男子一人の計三人。さらに下となると、体格も運動能力も違いすぎる。体育で同じ種目をするのは難しかった。

小学校の頃にサッカーボールを使ってできた競技は、プレー人数を減らすかハンデをつけるかでパフォーマンスのバランス調整をした、フットサルだけだった。

「そういう意味では、中学に上がるの、みんな楽しみにしてたっけ」

当時、江曽良小から進学する先の若松中学校は、一学年で七十人もいた。二クラスもあった。体育の授業も部活のスポーツも、正規の人数でプレーできた。

運動の得意なメグンとタカは、中学校で何部に入るかという話になると、目を輝《かがや》かせていた。絶対にチームプレーのスポーツを選ぶのだと張り切っていた。

二人ほどには運動ができなかったわたしも、部活のことを思い描くと、わくわくした。やってみたい、と思っている競技があったのだ。

あこがれの競技は、テレビ越しに毎週見ていた。

体育館の中、ゴムのボールの弾《はず》む音がする。シューズの底がキュッと鳴る。あのかっこいい音を、わたしも立ててみたかった。


不意に、声を掛けられた。

「今日は何ばして遊ぶ?」

声変わりが始まったくらいの男の子の声だ。


「え?」

いつの間にそこにいたのだろうか。

すぐ隣に、十歳くらいの男の子が立っていた。

よく日に焼けている。髪は、少し伸びかけのスポーツ刈《が》り。大きめの白いTシャツに、ジャージ生地《きじ》のハーフパンツをはいている。

あの頃のタカにちょっと似《に》ている。でも、違う。

誰だっけ？

いや、知っている気がする。会ったことがある、ように感じられる。

だって、ほら。こんなにも懐かしい。

男の子は、白い歯を見せてニッと笑うと、わたしの心を見透《みす》かしたかのように言った。

「体育館に行こう。ボールで練習しようや！」

弾む足取りで駆《か》けだす。

「ま、待って！」

走って追いかけようとした体が、がくんとバランスを崩してつんのめった。重たい。足が上がらない。

それでも、足を引きずるようにして数歩進んでみた。たちまち息が苦しくなった。動悸《どうき》がする。だめだ、とてもじゃないけれど走れない。

男の子は立ち止まって、くるりと体ごと振《ふ》り向いた。

「待っちょってやるけん、来い！　ゆっくりでよかぞ！」

まるで一年生だな。そんな思いが、急に頭にひらめいた。

これは記憶だ。

まだまだ体の小さな下級生の面倒は、高学年のわたしたちが見るのが当たり前だった。昼休みも一緒に遊んだ。

五年生の二学期から急に転入したわたしにも、一年生のお世話の仕事は回ってきた。その年は六年生がおらず、高学年といえばメグンひとりだったから、なおさら頼《たよ》られてしまった。

——よろしくね、ナナン！　一緒《いっしょ》に頑張《がんば》ろう！

メグンはわたしの手をギュッとつかんで、なすべき仕事に引っ張り回した。わたしは戸惑《とまど》った。でも、できないなんて言っていられなかった。

男の子は後ろ向きに歩きながら、にかっと笑う。

「なあ、覚えちょらん？」

「……きみも、この学校にいた？」

思わず訊《き》き返す。男の子は答えず、ちょっとかすれた声で言った。

「オイんことは、ガクって呼んで！」

「ガクくん……？」

やっぱり知っている、ような気がする。

赤い屋根の体育館は、バスケットボールのコートがぎりぎり一面取れる大きさだ。靴下《くつした》をはいていなかったことに、靴を脱いでから気づく。

「どうしよう」

「よかと！」

ガクは、はだしでぺたぺたと駆けていく。

高校の卒業式以来、体育館という場所に足を踏み入れたことがなかった。ということは、十年ぶりだ。

足の裏に感じる板張りの床《ゆか》は、思いのほかひんやりしている。

空気は、むっとこもっていた。見上げれば、天井《てんじょう》には幾何学模様《きかがくもよう》の鉄骨の梁《はり》がめぐらされている。

「あの鉄骨が落ちてきたら……」

そんなことを思い描いて遊んでいたものだ。

子どもの頃は、目に映るすべてのものが空想で色づいていた。テレビゲームのステージいっぱいに仕掛けられたギミックみたいに。

体育館はギミックだらけだった。天井の梁は落ちてくるし、床いっぱいに引かれたラインは落とし穴の位置を示す暗号になっている。

すねの高さまでしかない細長い窓は、レーザービームの放射口《ほうしゃこう》だ。子どもの身の軽さなら、ひょいとジャンプしてレーザービームをかわすことができた。

いや、空想を脇《わき》におくとしても、江曽良小の体育館は本物のギミックに満ちていたようなものだ。

何せ、開け閉めできない窓や戸、動かないレバーにほとほと悩まされていたのだから。それらの取り扱《あつか》い方のメモは、ちょっとした攻略本《こうりゃくぼん》のようだった。

スチールの窓枠は錆《さ》びついていた。開かない窓も、開けたが最後、小学生の力では閉められなくなる窓もあった。

ステージの幕を開け閉めするにも、滑車《かっしゃ》のご機嫌《きげん》うかがいが必要だった。アップライトピアノの車輪《しゃりん》も一つつぶれていて、下手に動かすと床に傷がついた。

倉庫の扉《とびら》はあまりに固くて手に負えず、開けっ放しだった。古びたマットと跳《と》び箱の独特な埃っぽいにおいは、鼻がつまっていても思い出せる。

「ナナン、こっち!」

ガクの声が、天井いっぱいに広がった。ふわんとした残響《ざんきょう》。

振り返ってみれば、ガクは赤茶色のバスケットボールを手にしていた。小学生の細い腕《うで》と体に比べると、バスケットボールはずいぶん大きい。

「見ちょって！」

ガクは、パッと走りだす。と同時に、ボールをドリブル。おなかの高さ程度に抑《おさ》える低いドリブルで、走る脚も止まらない。なかなかさまになっている。

夢中《むちゅう》になっていたのを思い出す。

江曽良島唯一《ゆいいつ》のお店には毎週、小学生用の『週刊少年ジャンプ』が届いていた。いつも心待ちにして、放課後、みんなでのぞき込んで読んでいた。

あのお店では、ノートやおやつを買った記憶はあるけれど、ジャンプは回し読みしていただけだ。誰も買っていなかった。読ませてもらえたのは、お店の配慮《はいりょ》だったのだろうか。

おもしろい漫画が目白押《めじろお》しの時期だったはずだ。でも、わたしは絵に注目するばかりだったのかもしれない。ストーリーや台詞《せりふ》を思い出せるのは、いちばんあこがれていた『ＳＬＡＭ　ＤＵＮＫ《スラムダンク》』だけだ。

高校に入学したばかりの不良少年が、ひょんなきっかけでバスケットボールを始め、天性の身体能力を武器にプレイヤーとして成長していく。仲間とともに切磋琢磨《せっさたくま》しながら。『ＳＬＡＭ　ＤＵＮＫ』はそういう漫画《まんが》だ。

ちょうどテレビでアニメ版が放映されていた頃でもあった。江曽良島で受信できるテレビのチャンネルは四つ半だった。半というのは、天気が荒れたら受信できなくなるチャンネルがあったから。

ありがたいことに、『SLAM　DUNK』は、都会と同じ曜日の同じ時間帯に、きれいな画質で見られるアニメだった。

漫画とアニメをお手本に、みんなでバスケの練習をした。体育が苦手だったわたしにとっても、あの頃のバスケの練習は楽しかった。

全員が初心者だったから、初歩の初歩、ボールを持ったまま三歩以上歩かないことから始めた。

ボールに慣れてきたら、低く小刻みなドリブルで走り抜ける練習や、鋭《するど》く正確なパスを出す練習もした。それから、二手に分かれてのフリースロー対決やシュートの練習も。

「ナナン、見ちょって！」

再び叫《さけ》んだガクが、すばしっこくドリブルをしながら走ってくる。ゴールを目指していく、その動線は――。

「レイアップシュートだ」

ガクは駆け抜けながら、大きなボールを、ゴールにふわりと置いてくる。勢《いきお》いのままゴール下を通り過ぎてから、振り向いてわたしに尋《たず》ねた。

「入った？」

わたしはうなずく。

バックボードのウィンドウの角で跳ね返ったボールは、リング際で暴れることもなく、すんなり入って白い網を揺らした。

「入ったよ。上手だね」

ガクが得意げに胸をそらした。

「天才ですから！」

思わず笑った。

てんてんと転がってきたボールを拾《ひろ》う。つるりとした手ざわり。古いボールだ。つぶつぶとしたゴムの凹凸《おうとつ》など、とっくに失われている。

『ＳＬＡＭ　ＤＵＮＫ』の主人公、桜木花道《さくらぎはなみち》は、高校一年生ではめったにないほど大柄で、右手だけでボールをつかんでいたけれど。

「江曽良小のつるつるボールでも、同じことができるのかな」

わたしは中学に上がって初めて、バスケットボールの本来の手ざわりを知った。五島ではなく、千葉の中学校でのことだ。

ゴムのつぶつぶがくっきりしたボールは、手のひらに吸いついてくれるかのようだった。あまりの扱いやすさに、びっくりした。

ドリブルで素直に弾んでくれる。レイアップシュートでもフリースローでも、素早くパスを出すときでも、滑《すべ》らないから力の加減がしやすい。開いた両脚《りょうあし》の間を8の字にボールを回すのも、うまくできる。

クラブチームでバスケをやっていた子にはむろんかなわなかったけれど、体育の授業でちょっと活躍できるくらいには、わたしもうまくボールを扱えた。特に、準備運動代わりのボール回しがやたらうまくて、おもしろがられたものだ。

わたしは、拾ったボールを胴《どう》に沿《そ》わせて回してみた。

「あっ……」

たった一周半。手から滑ったボールが、床の上を弾んで転がっていく。とんとん、とボールの弾む音が天井に響く。

ガクがけらけらと笑った。

「まだまだやな！」

「昔はうまくできてたのに、肩が上がらない……」

呆然《ぼうぜん》としてしまう。こんなに体が動かないなんて。

肩関節がすっかり固まっている。両腕をぐるりと回そうとしたら、途中で引っかかった。無理にフリースローなんてしてみた日には、ぐきっといっちゃうんじゃないだろうか。

　ガクは素早く駆けていってボールを拾った。腰を落として脚を開いて、勢いよく8の字のボール回しを始める。

「フンフンフンフン！」

　掛け声と8の字の動きが合っていないのはご愛敬《あいきょう》。

　みんなでやってたよなあ、と思い出して、また笑う。しばらく使っていなかった頰《ほお》のあたりの表情筋がじんわりと痛む。

　ガクがボールを脇に抱えて、胸をそらした。

「思い出した？」

　何を、だろうか。

　わたしが小首をかしげると、ガクはちょっと肩をすくめた。

「ゆっくりでよかぞ。明日も遊ぼうで」

　ガクはボールを両手で持つと、頭上に掲《かか》げた。そのボールを思い切り、床に叩《たた》きつける。

　ダムッ！

　大きな音を立ててボールが弾む。天井近くまで、ロケットのように飛んでいく。

　重たくて滑るバスケットボールは、ただ頭上に放り投げるより、床に弾ませたほうが高くまで跳ね上げられる。

天井に届かせることができるかどうか、競《きそ》ったっけ。

結局、天井は無理だった。壁《かべ》にそってぐるりとめぐる細長いギャラリーに、ボールが乗っかってしまっただけ。

壁に造りつけられたスチールのはしごを使って、ギャラリーに上《のぼ》った。探検のようで、ドキドキした。

ずっと掃除されていなかったから、白い埃と砂が積もっていた。歩けば、足跡がくっきりと残った。むろん、ボールも白く汚れてしまった。

ぼんやりとボールを見上げてそんなことを思い出していた。


耳元で声が聞こえた。

「じゃあ、また明日」

そして、気配が消えた。


天井近くまで跳ね上がる、赤茶色でつるつるしたボールを見つめているはずだった。昼間でも薄暗い、電気をつけていない体育館の中で。

空のまばゆさに目がくらんだ。

わたしが見上げているのは、青い空だった。

「え……？」

まぶたを閉じ、頭を左右に振る。まぶたを開く。

わたしは、門柱のそばに立っていた。

朽《く》ちかけた丸木の門柱に、若松町立江曽良小学校、という文字が、かろうじて残っている。

ぐるりと見やって、息を呑《の》む。

「体育館がない……」

たった今まで、わたしはあの体育館の中にいた。つるつるのバスケットボールの手ざわりも、ボールと床が立てる音もその残響も、鮮やかに思い出せる。

それだというのに、赤い屋根の体育館は、今ここに存在しない。

「どういうこと……？」

土がはげて白っぽく、いかにも硬《かた》そうな運動場は、遊具がすべてなくなっていた。

ところどころ、青々とした雑草が群生している。

よくよく目をこらしてみれば、かつて体育館が建っていた箇所《かしょ》は土の色がいくらか違う。雑草の生え方も違う。

「でも、さっき、男の子と一緒に……あれ？　男の子……？」

あの子の名前は何だった？

顔も思い出せない。まぶしいくらいの笑顔の印象だけ、頭に焼きついている。

蟬しぐれが降ってくる。その声につられて、急斜面の山並みを見上げる。潮風が木々を揺らし、ざあっと音を立てて吹き過ぎていく。

誰もいない。

赤い瓦屋根を持つ木造の校舎は、正面玄関に門《かんぬき》のような木材が渡《わた》されて、封鎖《ふうさ》されている。

壁が破れている箇所がある。屋根の瓦がはがれたところには雑草が生えている。すべり台があったはずのあたりに、どっしりとした石碑《せきひ》が立っていた。わたしは、吸い寄せられるように石碑に近づいた。

「記念碑?」

碑の表には、金象嵌《きんぞうがん》の大きな字でそう書かれている。

そして、「記念碑」の右に「平成九年三月三十一日廃校《はいこう》」、左に「若松町立江曽良小学校」と刻まれている。

石碑の台座に、やはり金象嵌の文字で、江曽良小学校がたどってきた歴史が綴《つづ》られていた。学校の始まりは、明治にまでさかのぼるらしい。

「ピンとこないな。西暦だと何年なんだろう?」

明治、大正、昭和を経て、平成九年に廃校。江曽良小がなくなったのと同じ時期に、かつて若松町だったエリアの小学校は、多くが統廃合《とうはいごう》となった。母校の名前がこんなふうに記念碑に残るだけになった人のほうが、上五島にはきっと多い。

記念碑の裏に回ると、校歌の歌詞が刻んであった。始めから終わりまで、歌詞を目でたどるうちに、明るく弾むようなピアノ伴奏《ばんそう》が不意に記憶の底からよみがえってきた。

「思い出せる……覚えてるものなんだ」

全校集会のたびに大声で歌っていた、と思う。だって、全員そろっても十二人しかいなかったから、一人ひとりがちゃんと歌わないと、斉唱が成立しない。

もう一度、体育館の跡地《あとち》へ目をやった。体育の授業だけじゃなく、昼休みや放課後に遊んだり、集会で校歌斉唱をしたり、いろんな思い出が詰まっていた場所。

「ないんだね」

つぶやいて、わたしは、家のほうへ向かって歩きだした。

＊

「小学校ん体育館は、屋根ん落っちゃけたとさ。何年前やったかいな。床も腐《くさ》っちょったし、動物も入り込んで、状態ん悪かった。それで、取り壊《こわ》してしもうたとよ」

昼ごはんのとき、江曽良小の体育館のことを尋ねたら、祖母は眉尻を下げた困り顔で答えた。

「校舎もボロボロになってるみたいだね」

「およ。閉校の後は、誰も使わんごとなったけんね。建物は、人の出入りせんと、すぐ朽ちていくとばい」

「体育館は鉄骨でできてたよね。木造の校舎より頑丈《がんじょう》そうな気がしてたのに、先に壊れちゃったんだ」

「どぎゃんじゃろね。海風のせいで、鉄はすぐ錆びっぞ。車んごと」

言われてみれば、江曽良島で見かける車は、どこかしら茶色の錆をのぞかせている。やぶの中に放置されたままのセダンは、見る影もなく錆びて朽ちていた。

「木が腐るよりも、鉄が錆びるほうが早いのかな」

わたしは箸《はし》を置いた。

「もう食べんとや？」

祖母がわたしの顔をのぞき込む。

「ああ、うん……昨日の移動の疲れがまだ残ってる感じで、ちょっと」

今日の昼ごはんは、冷やしうどんだ。ガラスの大きな器に水を張り、氷を入れて、ゆがいた五島うどんを泳がせている。

涼しげな料理を目にしたときは、おいしそうだと感じた。それに、懐かしいとも思った。子どもの頃、冷やしうどんは夏の食事の定番だったのだ。

めんつゆに、庭の小さな畑から採ってきた大葉とねぎを刻んで入れる。五島うどんは細く、しこしこしていて、するりと胃に入っていく。いくらでも食べられたものだ。

大好物のはずなのに。

わたしは咳払いをした。気管支《きかんし》の奥に痰が引っかかっている。

「鼻声も治っちょらんたいね。無理せんごと」

祖母は結論づけるように言って、麦茶をがぶりと飲み干した。

2 教会——そばかすを、ひとなで

一日のうち、朝と夕の二回、風が止む瞬間がある。

昼は海から陸《おか》へと風が吹く。夜はその逆。昼と夜の境目《さかいめ》のとき、風向きが逆転するまでの間、わずかに風が止むのだ。

「ああ……今なんだ」

早朝だった。

日が昇《のぼ》って陸が温められ始めると、風の凪ぐときが訪れる。

この家では、夏場、窓を開けて網戸のままで夜を過ごす。風の通り道となる家だ。クーラーがなく、扇風機さえ使わずとも、十分に涼しい。

しっとりとした朝の空気。早起きの鳥の声。どこか遠くから聞こえてくる、船のエンジン音。

風が止んでいても、無音ではない。

「鳥の音は、風の音だけじゃなかったんだね」

口の中でつぶやいた。

言葉にしてみて、気がついた。そうか、風の音がわたしの記憶に染みついているのか、と。

でも、ごうごうと叫ぶような風が吹くのは、晩秋から冬にかけてのことだ。冬の夜は、布団に入ると、家を揺さぶるほどの季節風におびえることがあった。

夏の朝はひそやかだ。まだ蝉も鳴き始めていない。

少し待つうちに、風が再び吹き始めた。海からの風。昼の風だ。

祖母はとうに起き出していた。ふすまの向こう、台所に立って、朝ごはんの支度をしている。

働き者の祖母は毎日、昼までの時間は、養殖《ようしょく》の仕事に出たり裏の畑の手入れをしたりと忙しい。だから、朝ごはんのときにお昼のぶんまで作っておくのが習慣になっているようだ。

数日前の冷やしうどんの昼ごはんは、食べる直前にうどんをゆがいていた。あれはわたしがいるから特別にしたことだったらしい。

祖母ひとりの食事なら、昼がうどんでもそうめんでも、朝からまとめてゆでてしまう。ここ数日、冷蔵庫を何度か開けるうちに気がついた。

朝日を浴びるのは久しぶりだ。すだれ越しではあるものの、日の光のまぶしさと熱を感じる。

台所に続くふすまを開けると、耳ざとく祖母が振り向いた。

「起きたっか」

「うん」

「具合は、ようなったか？」

今までとは違う訊き方をされた。「具合はどうか」という訊き方だと、わたしは反射的に「大丈夫」と答えてしまうから。

「たぶん」

わたしはあいまいに答えた。

体育館のまぼろしを見た日の夜、わたしは熱を出した。夏風邪か、熱中症か、単に疲れが出たのか。

いずれにしても、微熱と頭痛が続いていた。長い夢を見ては、うなされている自分の声にハッとして目を覚ます。そんな数日を過ごしてしまった。

そう、夢ばかり見ていたのだ。

だから、あの体育館のことも夢だったのかもしれない。

「ナナンも朝ごはん食ぶっか？」

「食べる。さすがに、ちょっとおなか減ってる気がする」

「何日も食べられんじゃったもんな。消化んよかもんだけ、食ぶっごとせんね」

消化のいいものだけ、食べるようにしなさい。

低い声で紡《つむ》がれる祖母の言葉が、すっと耳に馴染《なじ》む。寝てばかりの数日だったとはいえ、わたしの意識はこの家に合わせてチューニングできてきたらしい。

「いたたた……」

関節という関節が軋《きし》んで痛い。そろりそろりと動くわたしを尻目に、祖母はてきぱきと朝ごはんの支度を整えた。

白ご飯、すり身の入った味噌汁、夏野菜の浅漬け、甘い味つけの卵焼き、カップに入ったヨーグルト。

柱に画鋲《がびょう》で留められたカレンダーが、いつの間にか八月になっている。

江曽良島に来てから、本当に何もしていない。何もできないままだ。情けないな、と思った。自嘲の笑みがじんわりとにじむ。

「どぎゃんした？」

わたしは、首を左右に振った。おおいかぶさってくる髪が重たい。

「ずっと横になってたから、背中や腰《こし》が痛くて、こんなに固まっちゃうんだなと思ったら、何か笑えてきて」

「ラジオ体操ばせれ。ストレッチやらヨガやら、いろいろあるばってん、結局、ラジオ体操がいちばん効果んあるっちた」

「へえ」

「ラジオで言いよったとよ。途中から聴いたとばってんが。ラジオば聴きながら、畑仕事ばすっけん」

祖母は仕事中、ＮＨＫのラジオ放送を時計代わりに使うのだ。

海や空が荒《あ》れている日のラジオは、雑音だらけになる。ほかの局は、そもそも江曽良島ではほとんど入らない。風向きによっては、日本語よりも韓国《かんこく》語のほうがクリアに聞こえてきたりもする。

祖母の作ってくれた朝ごはんは、味噌汁が染みるようにおいしかった。喉が渇《かわ》いていた。塩気も体が欲していた。

味噌汁に入っているすり身は、祖母がこしらえたものだ。

「これ、鯵《あじ》のすり身？」

祖母がうなずく。鯵のすり身は黒っぽくて、ざらりとして歯ごたえがある。しじゅうや飛魚《あご》のすり身はもっと白くて、味もあっさりしている。

「小骨ば取っちょらんけん、食べにっかろう？」

時おり、ぷちぷちとした小骨のかけらが舌《した》に触《ふ》れる。

子どもの頃、手作りのすり身を初めて食べたときは、この小骨が気になってしまった。というより、喉に刺さるのではないかと怖くなった。

　わたしは苦笑する。

「食べにくくないよ。このくらい平気。味噌汁、もう一杯もらっていい？」

「よかよ。さらってしまわんね」

　席を立ってコンロに向かう。小鍋《こなべ》に半端に残っていた味噌汁を、祖母が言うとおり、おしまいまでよそってしまった。

「おばあちゃん、今日も養殖の仕事？」

「うんにゃ、日曜じゃけん、養殖は休みたい」

「日曜。そっか。今日、お休みなんだ」

　曜日の感覚がない。日付もわからない。時刻だけは、壁に掛けられたアナログ時計とだんだん明るくなる外の光が教えてくれる。

「日曜に養殖の仕事ば入れんとは、ミサん行きよった頃の名残《なごり》たいね」

「ミサ、今は行ってないの？」

　席に戻る。

　祖母は、祭壇《さいだん》のほうにちらりと目をやった。

　カトリックの祭壇だ。古い日本家屋に仏壇《ぶつだん》が備えられているのと同じように、こぢんまりとした祭壇が、江曽良島の家には必ずある。

祭壇は、オーソドックスな仏壇よりもシンプルだ。ちょっとした台座に、小さな十字架と写真立てサイズの聖母子《せいぼし》の絵、わたしが幼稚園《ようちえん》の頃に亡《な》くなったという祖父《そふ》の写真が置かれている。

「江曽良教会でミサばやらんごとなったけんね。しばらくはバスで桐《きり》教会に通いよったばってんが、朝ん便がなくなってさ。もう行けんとよ」

「そっか」

「ばあちゃんは車ば持っちょらんけんね。復活祭やクリスマスのミサは、車んある人に乗せてもらって参列するばってんが、毎週ちは言えんとさ」

車を出してくれる人は、休日になると、中通島に住む息子さんのところへ行ってしまう。お孫さんの習い事の送り迎えを手伝っているそうだ。

そうか。車か。

一人で暮らしを完結させているように見える祖母にも、やはり、どうしようもない困りごとがあるのだ。

祖母は江曽良教会の事情をとつとつと聞かせてくれる。

「ミサはしちょらんばってん、掃除は欠かさんとよ。たいがい、火、木、土の午前中に、年寄りばっかりで集まってさ。運動ん代わりたい。来ん者がおったら、どぎゃんしたっかなっちて、訪ねていくとよ」

そうなんだ、と、わたしは下手くそなあいづちを打った。

＊

祖母がラジオ体操をしている間も、起きろと告げるかのような大音量で流れる防災無線の朝の音楽を聴いても、わたしは結局、部屋で寝転んでいた。起き上がることさえ、おっくうだ。立って動いているほうが背中も腰も楽だとわかっているのに。

中学や高校、大学の頃を知る人が見れば、きっと目を丸くするだろう。会社の同僚や上司、後輩たちも、まさかと笑いだすに違いない。

本当のところ、自分ではわかっている。

「メッキがはがれただけ」

わたしは所詮《しょせん》、本物のレアメタルの宝物《たからもの》なんかじゃなかった。

キラキラして見えるようにメッキを施《ほどこ》しただけの、土くれか鉛《なまり》のかたまりに過ぎなかった。

「ろくなものじゃないんだ、わたしなんて」

でも、誰もが信じていただろう。キラキラしている奈波こそが本物なのだ、と。

ほかならぬわたしだって、半ば本気で信じかけていた。自分にだまされそうになっていた。

だって、ほら、自分は大した人間なんだって思い込んでいるほうが、気分がいいでしょう?

「自分に酔《よ》って調子に乗り続けていられたらよかったのに」

わたしは、失敗した。

人生に失敗してしまった。


深浦奈波という人物は、まさしく「陽」である。元気でリーダーシップがあって、度胸も計画性も備え、人前で話すのが得意だ。

中学でも高校でも、通知表にはそう書かれていた。

変わろう、と頑張った結果だった。

もともとのわたしは、とても「陽」だと言える子どもではなかった。

小学校に上がった頃から、ぜんそくの発作がときどき出るようになっていた。

しょっちゅう体育を見学していることが後ろめたかった。特に持久走や水泳のときに休めば、「ずるい」と聞えよがしの陰口《かげぐち》を叩かれた。

ずるいと言われても、ぜんそくで苦しいのはうそではないのだ。決して仮病《けびょう》なんかではなかった。

けれども、陰口に気づいた途端だとか、人前に立って緊張《きんちょう》したときだとか、いかにもなタイミングでヒュッと喉がすぼまって、発作が始まってしまう。まわりの目には、わざとらしく映るらしかった。

深浦さんはうそつき。病気のふりをしてる。

そんなうわさが広まった三年生の頃、わたしはクラスで目立つのが怖《こわ》くなった。以来、学校ではうつむいてばかりだった。いや、とにもかくにも登校できた頃はまだよかった。

学年が上がるにつれ、朝がだめになっていった。朝になると気分がふさいで、ランドセルを背負うや否やぜんそくの発作を起こしてしまうのだ。

当時は「登校拒否《とうこうきょひ》」という呼び方をされていた。今で言う「不登校」だ。わたしが通っていた小学校には、保健室登校やフリースクールという選択肢はなく、顔を上げられないまま教室に向かうしかなかった。

本当にぱっとしない子どもだった。自分でも情けなくて仕方なかった。

変化のきっかけは、五島で過ごした一年半だった。

何の取り柄《え》もなかったわたしが、前を向いて進めるようになった。

――もっともっと変わってやる。自分を誇《ほこ》れるようになってやる。

そう心に決めて、千葉の大きな中学校の入学式に臨《のぞ》んだ。

それからはもう、必死にやった。勉強でも友達づきあいでも、何ひとつ取りこぼさないように、がむしゃらに頑張った。

結果はちゃんとついてきた。わたしは、いわゆる勝ち組というものになっていった。中学時代には英語のスピーチコンテスト、高校時代にはディベートの大会で優秀な成績を収めた。大学時代はボランティア活動にも打ち込んだ。

就職先はＩＴ系のベンチャー企業だった。社長を筆頭に、社員は皆、若かった。営業部に配属されたわたしは、新卒一年目から最前線に飛び込んだ。

会社は、伸び盛《ざか》りのライバルがひしめく業界の中でも抜きんでて、時代の波に乗っていた。

五年前、リーマンショックによる社会全体の経済的打撃をものともせずに上場。このときは経済雑誌で注目されて、テレビの取材が入ったこともあった。

二年前の東日本大震災《ひがしにほんだいしんさい》も、社長の舵《かじ》取りでうまく切り抜けた。被災地に多額の寄付をする余裕《よゆう》さえあった。

会社が年々大きくなるにつれ、わたしも忙《いそが》しくなった。その手応えが楽しかった。

わたしは、営業部の生《は》え抜きエースと呼ばれるようになっていた。二十代の女で、IT企業で、営業。珍しがられることも、ままあった。煙《けむ》たがられることもあった。女のくせに云々《うんぬん》と顔に書いてあるような、考え方の古い相手と話すこともあった。カチンとくると同時に、そういうときこそ、わたしは燃えた。何が何でも実績につなげてやる、と気合が入った。

気負《きお》っていたし、張り切ってもいた。後輩に頼られ、上司の信頼は厚く、途中で転職した同期には給料のよさをうらやまれていた。

そんな中で出会いがあった。

中途採用でチームに入った年上の後輩は、いかにも都会的なイケメンで、仕事もよくできた。ついつい聞き入ってしまう話し方をする男。お酒に詳《くわ》しくて、穴場のような飲み屋をたくさん知っていた。

そのイケメンと親しくなった。仕事帰りに二人で飲みに行き、ふと目が合って手をつないだ。人目を忍《しの》んでキスをした。なし崩し的に、そういう夜を過ごした。

大人同士だ。中学生みたいに「好きです」「わたしも好きです」「付き合ってもらえますか？」「はい、付き合いましょう」なんてやらなくたって、わたしは彼と恋人同士になった、つもりだった。

とにかく順風満帆《じゅんぷうまんぱん》だった、はずだった。

数年かけて積み上げてきたものも、壊れるときはあっという間だ。

挫折《ざせつ》の発端《ほったん》は、よくある話に過ぎなかった。


――奈波のことを愛してるって言ったくせに。

彼にはわたしのほかに、わたしよりも正式に、付き合っている人がいた。別の部署《ぶしょ》の、わたしより四つ年上の、仕事ができると評判の美人だった。

彼女が懐妊《かいにん》したので、二人は籍《せき》を入れることになった。そんな報告に社内がわいた。ひいては社を挙げて祝《いわ》ってあげようと、社長が率先《そっせん》して乗り気になっていた。

わたしは取り乱した。

二十八歳という年齢で、結婚《けっこん》の二文字が頭にちらついていたせいもあった。なぜ自分が捨てられるのかわからない、と彼に訴《うった》えた。わたしも彼と関係を持っていたのだ、と社内で触れ回った。

彼は、知らぬ存ぜぬを押し通した。交際の証拠となる写真もプレゼントも、何ひとつなかった。最初からそのつもりだったのだ。ずるい。何てずるい男。

彼女は、かばい立てする同僚たちのフェンスの向こうから、憐《あわれ》みの目でわたしを見ていた。怒《いか》りや憎《にく》しみではなく、勝ち誇った笑みでもなく、憐みだった。

表立ってわたしに味方する人はいなかった。だって、社長が認めたカップルの間に割って入ろうとする悪者が、わたしだったのだ。

こんな話がある。男が二股《ふたまた》をかけたとき、女が憎むのは男ではなく、もう一方の女だ。この世から消してやりたいと願うほどに、女は女を憎むのだ。

真理かもしれない。

あの騒動のとき、わたしが直接なじった相手は彼だったけれど、より強大な存在だと感じていたのは、青天《せいてん》の霹靂《へきれき》のごとく現れた彼女のほうだった。

わたしは彼女を陥《おとし》いれるべく、必死で粗探《あらさが》しをした。彼女さえ消すことができたら、彼はわたしのもとに戻ってくるのだと、なぜだか思っていた。

でも、粗なんかなかった。彼女は完璧だった。

もしも彼女がわたしより若ければ、まだしもあきらめがついたかもしれない。男にとって女は若いほうが価値が高いのだ、という一般論で自分をなだめることができたのではないか。

けれども、彼女は年上で、三十二だ。子どもを産む頃には三十三だ。

それでいて、彼女はわたしよりずっと美人だ。仕事も、部署が違うから簡単には比較できないけれど、少なくとも順調に出世できるくらいには、見事にこなしている。

しかも彼女は、生まれも育ちも東京の麻布《あざぶ》。いわゆるお嬢さまだ。子どもの頃から習っていたジャズダンスで、いろんなステージに立ってきたらしい。

わたしより長期間の留学経験もあると聞いた。英語はもちろん、韓国語もかなりできる。なぜ韓国語かと問えば、ドラマに夢中になったから、と恥ずかしそうに答える。完璧な才女の思わぬギャップが愛らしい。

勝てない、と痛感した。太刀打《たちう》ちできるところが、一つとして見当たらない。彼女は本物だ。彼女こそが本物なのだ。

わたしは、そこでぷつんと切れてしまった。

何もかも嫌になった。というか、どうでもよくなった。

そうすると、わたしを取り巻くすべての物事からリアリティが失せた。彼との間にあったはずの関係すら、本当に起こった出来事だったのか、わたし自身、わからなくなってしまった。

会社を辞《や》めた。

あらゆる機能や関係性がインターネットによって統括《とうかつ》される社会では、音信不通になるのは簡単だ。

携帯電話を解約した。ミクシィやブログのアカウントを消した。買ったばかりだったスマートフォンを不燃《ふねん》ごみに出した。

これで、おしまい。

通勤に便利だったマンションの部屋も引き払い、実家に引きこもった。ぐずぐずと眠ってばかりいるうちに、ぜんそくの発作が出るようになった。小学六年生の夏にはもう、ぜいぜいという息遣《いきづか》いとはおさらばしていたはずだったのに。小児ぜんそくは、寛解《かんかい》することはあっても、完治《かんち》はしないらしい。そのことを、母に引きずられるようにして病院に行って初めて知った。自律神経の乱れが、ぜんそく発作とアレルギー性鼻炎、めまい、耳鳴り、頭痛、不眠、食欲不振《ふしん》と胃腸《いちょう》の膨満感《ぼうまんかん》、その他諸々《もろもろ》の症状を引き起こしている、と診断された。困り果てた母が泣きついた相手は、江曽良島に住む祖母だった。わたしが病弱な小学生だったときと同じ展開だった。

＊

祖母は回覧板《かいらんばん》を届けに行って、それっきり戻ってこない。行った先でつかまって、おしゃべりをしているのだろう。

「昔もよくあったな」

初めのうちは、不安の中で膝《ひざ》を抱えて祖母の帰りを待つだけだった。それから、祖母を捜《さが》しに行くことを覚えた。

六年生の秋にもなると、また長話かな、などと思いながら、茶碗を洗ったり洗濯物《せんたくもの》を畳《たた》んだりしておくようになった。

わたしが自分で気づいて手伝いをすれば、祖母は嬉しそうにお礼を言ってくれた。役に立てることが、わたしも嬉しかった。

「役に立ちたいなあ……」

つぶやいてはみるものの、台所を見やっても、頭が働かない。

かろうじて、自分が先ほどまで寝転んでいた布団だけは畳んで、部屋の隅《すみ》に寄せた。顔を洗う。

洗顔料もオールインワンの美容液も、祖母が使っているものを借りている。東京で働いていた頃は基礎化粧品《きそけしょうひん》にこだわっていたけれど、あれらも全部うっとうしくなって捨ててきた。

洗面台はリフォームされて、お湯が出るようになっている。お風呂やトイレ、水回りをつなぐ縁側も、バリアフリーに改装されている。

発熱してふらついていたここ数日、トイレに行く途中で何度も手すりにすがった。トイレが汲《く》み取り式なのは相変わらずだけれど、半水洗の洋式の便座に替わっていたから、それも助かった。

鏡をのぞき込めば、疲れた顔が映っている。

グレーがかった目の下に、くっきりと隈《くま》がある。すっかり伸びた髪、手入れしていないぼさぼさの眉、白くかさついた唇《くちびる》。

頬に散ったそばかすが、どうしても目に留まる。昔からコンプレックスだった。高校時代にメイクを覚えたのも、目元を盛《も》るためではなく、とにかくそばかすを隠したかったからだ。

そばかすをひとなでして、手でおおい隠す。そうすると、そばかすの代わりに、マニキュアの残骸《ざんがい》がみっともなくひっついた爪《つめ》が見えた。

「ほんと、ボロボロだね」

いっそ笑いたくなった。

まだ祖母は帰ってこない。

わたしは、ちょっと散歩をしてきます、とメモを残して家を出た。

数日ぶりの外は、くらくらするほどにまばゆい。古ぼけて白っぽいコンクリートも、凪いだ海面も、八月の日差しが強烈《きょうれつ》に照り返している。

わたしは、山際《やまぎわ》の木陰を選んで歩いた。

＊

江曽良教会は、コンクリートの道路より一段高いところに建っている。

遠目には、いかにも教会らしい洋風の造りに見えるだろう。

近づいてみれば、和洋折衷《せっちゅう》の造りであることがわかる。

こぢんまりとした教会だ。薄いグレーの瓦屋根には白い十字架が立っていて、平屋にしては天井が高い。

白く塗られた木造の壁に、窓枠は淡いみどり色。海際で湿度の高い土地柄ゆえに、床下がある。

整えられた前庭に立ち、「天主堂《てんしゅどう》」と書かれた扁額《へんがく》を見上げる。

ああ、そういえば、正式名称は江曽良天主堂というんだった。江曽良教会、と島では皆が呼んでいるけれど。

「確か大正時代に建てられたんだっけ」

「大正七年よ。西暦で言ったら、一九一八年。この年は、江曽良島でも、隣の奈留島《なるしま》でも、きびなが大漁やった。やけん、お金ば稼《かせ》ぐことができて、教会ば建てられたと!」

かわいらしくて元気のいい声が、すぐそばで聞こえた。

声にひかれて、隣を見やる。

白いレースのベールをかぶった女の子が、にこにこしてわたしを見上げている。ベールは、ミサのときに女性が必ずかぶるものだ。

小麦色のすべすべした肌に、細い手足。両方の頰に引っ込んでいるえくぼ。シンプルな白いワンピースを着ている。

どこかで会ったことがある。

「この感じ、ガクのときと同じだ……」

突然現れた。でも、懐かしかった。知っていると思った。でも、ガクという名前に心当たりはなかった。

不思議《ふしぎ》だ。

今の今まで、江曽良小学校の門前でガクという男の子に会ったことを忘れていた。ガクの名前も記憶から抜け落ちていた。

「でも、会ったんだ」

わたしは確かに、ガクと体育館に入った。はだしで板張りの床を歩いた。あの頃好きだった『ＳＬＡＭ　ＤＵＮＫ《スラムダンク》』の真似事もした。

けれども、そんなはずはないのだ。江曽良小の体育館はもう取り壊されて、存在しないのだから。

あれは夢だったのか。夏の太陽が見せた白昼夢だったというのか。

女の子はにこにこしてわたしを見上げ、名乗った。

「うちは、いのり！」

「いのりちゃん……？」

「久しぶりやね、ナナン。行こう！」

いのりはわたしの手を取った。小さくて柔らかな手だ。しっとりと汗《あせ》ばんでいる。

教会の玄関には、靴を脱ぐための低い三和土《たたき》があって、靴箱が置かれている。引戸《ひきど》を開けた先が聖堂《せいどう》だ。

いのりはお辞儀《じぎ》をして、聖堂に入っていった。わたしもお辞儀をして続く。

正面に祭壇がある。通路を挟《はさ》んで両側に、木の長椅子が並んでいる。

左右の壁と祭壇の上、そして玄関の上に設けられた窓から、明るい光が差し込んでいる。埃《ほこり》がキラキラと舞っているのが見えた。

「昔のままだね」

ぐるりと見回して嘆息《たんそく》する。声が聖堂に広がっていく。ふわん、と残響。

天井はアーチ形をしている。

別の言い方をすれば、船底《ふなぞこ》に似た形だ。

五島の船は荒波の中を行くこともあるから、小さな手漕《てこ》ぎの伝馬船《てんません》であっても、船底が深くなって尖《とが》っている。それを逆《さか》さまにしたのが、江曽良教会の天井だ。

「こうもり天井！」

いのりが指差して言う。こうもり傘のように緩《ゆる》やかに湾曲《わんきょく》した梁《はり》に支えられた構造だから、通称こうもり天井だ。

わたしは口を開いた。すらすらと言葉が出た。

「こうもり天井の正式な用語は、リブ・ヴォールト式というの。この江曽良教会の設計者は、上五島出身の建築家、鉄川与助《てつかわよすけ》。施工者《せこうしゃ》は、江曽良島や近隣のカトリック集落の船大工《ふなだいく》だった」

五年生の二学期、社会科で調べて学習発表会で披露した。丸暗記した原稿《げんこう》の内容が、唐突《とうとつ》に頭の中によみがえってきた。

当時の江曽良教会の神父《しんぷ》さまは、三十歳くらいだったと思う。実際の年齢よりお若く見える、優しいお兄さんだった。

神父さまは、五島の生まれ育ちではないとおっしゃっていた。だからこそ早く地域に溶け込もうと、一生懸命《いっしょうけんめい》にお勤めをなさっていた。

一人で引っ越してきたばかりだったわたしは、神父さまに親しみがわいた。わたしも、早く江曽良島の子になりたかった。

教会のことを調べるといっても、五年生のわたしは、どうしていいかわからなかった。調べ学習のような授業は苦手で、欠席をくり返していたせいだった。

それでも、江曽良小では頑張れそうだと思い始めていた。だから、しどろもどろになりながら、神父さまに相談を持ちかけた。

神父さまは親身になって、歴史の本を一緒に読んでくださった。わたしにとって難しいところがあれば、丁寧に嚙《か》み砕《くだ》いて教えてくださった。

引っ込み思案だったわたしがうまく人前で発表できるように、練習にも付き合ってくださった。ぜんそくのせいで喉の調子が怪しいときは、金柑《きんかん》のシロップを分けてくださったりもした。

よその教会のことも掛け持ちしてお忙しかったのに、学習発表会の当日はどうにか都合《つごう》をつけて、体育館まで見に来てくださった。

応援していただいているのだ、と思うと、わたしも腹がくくれた。

発表の番が回ってくると、思い切って大きな声を出した。つっかえずに全部言えた。よくできました、頑張りましたね、と神父さまはほめてくださった。

懐かしい。

いのりが、くふふ、と笑った。

「うん、懐かしか。あの頃はみんな、ミサで顔ば合わせよったね」

「毎週日曜日の朝ね。復活祭やクリスマスの特別なミサも覚えてる」

「江曽良小の子は、声がふとかと。十二人しかおらんでも、賛美歌《さんびか》の斉唱はにぎやかやった」

ふとか、とは、大きいという意味だ。

声がふとかという、いのりの言葉に、わたしはうなずいた。

「小学生の頃は、みんな、お互《たが》いに競争するような気持ちだったの。いちばん大きな声で歌いたい、できるだけきれいに歌えるようになりたいって」

思い返してみれば、誰かと競い合うだとか、自分が最も上手でありたいとか、そういう気持ちで練習するのは、賛美歌にふさわしくなかったかもしれない。

「ううん、よかとよ。だって、努力して前に進もうっちすることは、よかことでしょう？　すてきなことのはずよ」

聖堂の隅に置かれたオルガンは、思いがけないほど大きな音で響いた。柔らかで切ない音色だった。

マリアさまのこころ、と、賛美歌の一節が胸によみがえってくる。楽譜《がくふ》を見ながら、祈《いの》りの言葉をたくさん覚えた。

「初めはメグンやタカみたいには声が出せなくて、それどころか、すぐに咳《せ》き込んだりなんかして、本当に自分が情けなかったの」

「やけん、ナナンは、ぎばって練習した。六年生に上がる頃にはもう、ふとか声で歌えるようになっちょった。本当、ようぎばったよね、ナナン」

ぎばる、というのは五島弁だ。頑張る、という意味。

濁《にご》った音が連なる、その響きが好きだった。つまずいて転んで泥《どろ》んこになりながらも、元気よく立ち上がって走りだすような、力強い響きだと思った。

「ぎばってたかな、あの頃のわたしは」

「覚えちょらんと？」

「忘れちゃった。五島を離れてから、とにかく必死だったの。そしたら、気づいたときには、いろんなことを忘れてた」

「ナナンは、そのときぎばることだけで、頭がいっぱいになってしまったとね」

頑張っていたのとは少し違うようにも思える。

見栄《みえ》を張り続けたかっただけかもしれない。勝ち組の地位にしがみついていただけかもしれない。

そんなふうに嫌な言葉を使って表現してしまうのは、五島を離れた後の自分のことが好きになれなかったからかもしれない。

空っぽでボロボロな自分が何者なのか、どんな形をしていたのか、今となってはもう、よくわからない。

でも、すがりつきたい思い出もまた、この手の中にない。

「ほんと、忘れちゃったんだよね」

「五島のこと？」

「うん。たった一年半だった。まるで夢を見ていたみたい。そうじゃなかったら、映画。ジブリ映画にそういう作品があったような気がして。自分の思い出のはずなのに」

いのりは小首をかしげた。

「夢じゃなかよ。映画でもなかよ。ナナンは、ここにおったよ。ほら、こっちに来て」

手を引かれて、数歩の距離《きょり》を進む。

玄関にいちばん近い左の柱には、たくさんの傷が刻まれている。油性ペンで書かれた文字も、消えずに残っている。

「これ、こどもの日の背比《せいくら》べの……」

小刀《こがたな》でつけたとおぼしき傷は、わたしたちよりもずっと古い頃のもの。カタカナで刻まれた名前は、すり切れてほとんど読めない。

わたしたちは油性ペンで背の高さを柱に書きつけた。

探すまでもなく、ななみ、と書かれているのが目に飛び込んでくる。これはメグンの字だ。わたしは逆に、めぐみ、と書いたのを覚えている。

「六年生の五月は、まだこんなに低かったんだ」

頭のてっぺんに手をのせて、その高さのまま柱に添《そ》える。十一歳のわたしの背丈《せたけ》を示す線と比べてみれば、その差は二十センチといったところ。

「百四十センチくらい、かな」

「タカはもっと低かったよ」

「だって、タカは一つ年下だもの。小学校の間は、女の子のほうが先に背が伸びるものだし」

「ばってん、悔《くや》しがっちょった。そいでもね、タカは中学生になったら、ふとうなったとよ」

「そうらしいね。メグンからの年賀状に書いてあった。わたしがあのまま同じ中学校に進んでたら、いつ背を抜かされたかな」

小刀と油性ペンの跡がたくさん残る柱を、そっとなでる。

柱は、築百年ほどになるというのに、今でも、明るい色味と鮮《あざ》やかな木目模様《もくめもよう》を失っていない。それもそのはずで、自然のままの色と木目ではないからだ。

これは、教会を建てた頃の江曽良島の信徒が、丁寧に塗《ぬ》って描き出した木目模様だ。

柱だけでなく、天井も同じ。

木目の模様が美しい木材は高価だ。数十年に一度と言われた豊漁《ほうりょう》の年にやっと教会建設の資金を手にできた江曽良島の信徒には、高価な木材など手が出なかった。

そもそも、教会を形づくるための木材すべてを同じ品種でそろえることすらかなわなかったのだ。

ばらばらの材質と色味の木材。節だらけのものも少なくなかっただろう。だから、木目模様を描いた。明るい色の美しい木材に、自分たちの手で仕上げた。

「すてきな模様だよね。わたし、この教会の柱と天井、すごく好きなんだ」

「うん、知っちょっよ」

「窓のガラスも好き」

江曽良教会の中が明るいのは、窓にはまっているのがステンドグラスではないからだと思う。日の光をそのまま透かす、ごく普通のガラスだ。

これもまた、江曽良島の信徒が清貧《せいひん》だったためだ。ステンドグラスも、彼らにとって高価すぎた。

だから、ガラスにもまた、信徒たちは手ずから工夫《くふう》を施した。花の模様を描いたのだ。今ではもう、色あせ、かすれてしまっているけれど。

この教会のことを調べたとき、神父さまが古い白黒写真を見つけてきてくださった。花模様がくっきりとしていた頃の写真だ。

写真の裏にメモが書かれていた。それで、わたしは花の名前を知った。

「赤い椿《つばき》、橙色《だいだい》の姫百合《ひめゆり》、紫《むらさき》色の島沙参《しましゃじん》。江曽良島で身近な花が、ここに描いてあるんだよ」

普通、教会にあしらわれる植物といえば、聖母マリアの象徴《しょうちょう》である白い百合、十字架になぞらえた四枚花びらの花、三位一体《さんみいったい》を表す三つ葉のクローバー、麦と葡萄《ぶどう》とオリーブだ。

それらの植物は、江曽良島には植わっていない。

隠れキリシタンとして江戸時代の禁教下でも祈り続け、開国後にカトリックの教えを受けるようになった江曽良島の信徒たちは、身近な植物で自分たちの教会を彩《いろど》った。

いのりが歌うようにくり返した。

「赤《あっ》か椿、橙色の百合、紫色の島沙参。ナナンも、同じ花ば描いたでしょう？」

確かめるように問われ、ハッとする。

「描いた。椿は冬の山に、姫百合は初夏の崖《がけ》に、島沙参は秋の草むらに咲《さ》くの。本当は一度に見られるものではないけど、どうしても一緒に描きたくて、絵の中ではその三つを花束にした」

それはいつのこと？

わたしは天主堂の中を見回した。

どの位置から、何を、誰を、どんなふうに描いた？

いのりがにこっと笑って、すたすたと通路を歩いていく。迷うことなく、前から二番目の、右の長椅子に腰掛ける。端っこでも真ん中でもない位置。

急速に記憶がつながっていく。

「そう、その席……おばあちゃんが、そこにいつも座ってたの。そこがおばあちゃんの定位置で、わたしはその隣」

うなずいたいのりが、両手の指を組み合わせて膝の上に置く。うっすらと目を閉じてうつむくと、白いベールが額《ひたい》から目元へと影《かげ》を落とす。

祈る祖母の姿を、きれいだと思った。傍《かたわ》らには、祭壇に飾るための花があった。庭や野山に咲いた野菊《のぎく》の類《たぐい》だ。素朴な花束は、新聞紙でくるまれていた。

わたしは、祖母の祈りの姿を絵に描いた。六年生の頃だ。

目に映るそのままを描いただけじゃなかった。

江曽良教会の歴史を知っていたから、かつてここにあったものを、祖母とともに画用紙の中に描いた。色鮮やかだった頃の窓ガラスの花を、野菊と一緒に花束にした。

うまく描けたかどうか、自分ではわからなかった。

でも、祖母も神父さまも、いい絵だと言ってくれた。

「その絵を子ども県展に出したら、賞を獲《と》った。わたしが認められたんだ。びっくりしたし、嬉しかった」

忘れていた。

取り柄がないと思い込んでいた頃の自分にも、一つだけ、夢中になれることがあった。うまいとか下手とかではなく、ただただ夢中になれること。

「絵を描くことが、わたし、好きだった。ほんの幼い頃からずっと、引きこもりがちだった頃も、江曽良に来てからも、絵を描いてた」

いのりが顔を上げた。

「思い出した？」

にこにこと、屈託《くったく》のない笑顔。

胸のざわめきに、息が苦しくなる。

わたしは目を閉じた。

風が吹き抜けた。

そんな、まさか。

窓はすべて閉まっているのに。

不意に後ろから呼ばれた。

「ナナン」

目を開け、振り返る。

祖母が立っていた。

わたしがいるのは、教会の門前だ。

「おばあちゃん……」

「こけ、おったっか」

ここにいたのか、と祖母はそっと微笑んだ。

「ごめんね。散歩するってメモ置いてたんだけど」

「およ、見てきたばい。そいけん、ここんおる気がしたっさ。ナナンは江曽良教会ば好いちょったもんば」

「だって、こんなすてきな場所、千葉にはなかったから。東京にもなかったよ。五島にしかないんだと思う」

わたしは、閉ざされた扉のほうを見やった。

たった今まで、わたしはあの中にいた。ベールをかぶった、どこか懐かしい女の子と一緒に。

あの子の名前は……ああ、また、頭にもやがかかっている。あの子の名前を確かに呼んだはずなのに、その響きを思い出せない。

祖母は扉に手を触れた。節の目立つ、しわだらけの手だ。

「普段は鍵《かぎ》ばしちょっとさ。ナナンが中に入りたかとやったら、ばあちゃんが郷長《ごうちょう》に鍵ば借りに行ってくっばってん」

この扉をくぐった向こう側、静かな聖堂で、つたない字の残る柱に触れた。絵を描いたことを思い出した。聖堂でおしゃべりをしたときの、ふわんとした残響が優しく耳に留まっている。

あれは夢？

懐かしさが見せた幻？

わたしは、かぶりを振った。

「聖堂の見学は、また今度でいい。日に当たって、ちょっと疲れちゃった」

「およ。熱中症には気ぃつけんば」

教会とひと続きになっている敷地に、お墓《はか》が並んでいる。十字架の墓標《ぼひょう》を持つ、日本式のお墓だ。土葬《どそう》ではなく、お墓の下には骨壺《こつつぼ》が収められている。

日が当たって明るく、掃除が行き届いた教会のお墓を、小学生のわたしは、怖いと感じたことがなかった。祖父のお墓は山際の端っこだ。

お墓のまわりには、野山の花が絶えない。冬の山に咲く赤い椿、初夏の崖に咲く橙色の姫百合、秋の草むらに咲く島沙参も、ここで見られる。

今の季節は、青い露草《つゆくさ》と白い昼顔《ひるがお》だ。

わたしは急に思いついて、言った。

「おばあちゃん。今度、掃除のとき、一緒に行っていい？」

祖母は少し目を見張った。そして微笑んだ。

「よかよ」

どちらからともなく歩きだす。ゆっくりとした足取りで。

蟬の合唱をバックコーラスに、とんびが鳴いている。青い空を仰《あお》げば、悠々《ゆうゆう》と翼《つばさ》を広げたシルエットが美しい。

ふと、祖母に訊いてみた。

「昔わたしが使ってたスケッチブック、もしかして、まだある？」

だって、わたしが使っていた部屋も食器も、あまりにもそのままだったから。わたしがいつ島に戻ってきてもいいように、という思いで残してあるように感じられた。

わたしの問いに、祖母は当然のように答えた。

「ナナンのスケッチブック、あるばい。絵の具道具もそんままさ。ばあちゃんの部屋で預かっちょった。すぐ出してやっけん」

「ありがとう」

わたしと祖母は家路《いえじ》を歩いていく。

かつてのミサの帰りと同じ道を、あの頃よりもゆっくりと。

3 渡海船——風を感じて、風になって

祖母はいつでもわたしの防波堤《ぼうはてい》だった。

幼いわたしはやっぱり臆病《おくびょう》だったから、江曽良島の優しい波にさえ、ひっくり返されてしまうのではないかと怖くなることがあった。

でも、祖母が守ってくれる内側にいれば大丈夫だった。

わたしがおっかなびっくり防波堤の外まで漕《こ》ぎ出してみても、祖母は止めたりつかまえたりはしなかった。黙《だま》って見守ってくれていた。


夜、電話がかかってきた。祖母がすぐに電話に出た。

「はい、深浦です」

わたしは部屋に閉じこもって、寝ても起きてもいないような状態だった。聞くともなしに聞いていたら、母からの電話だというのがわかった。

東京都生まれ、東京都育ちの母と話すとき、祖母はいくらか五島弁を引っ込める。

少しでも聞き取りやすくなるように、ゆっくりしゃべる。

わたしは布団の上で体を丸めて、耳をふさいだ。

母と祖母の電話なんて、話題はわたしのことに決まっている。どんな言葉が交わされているのか、知りたくなかった。

小学生の頃に戻ったみたいだ。

両親が住んでいたアメリカの東海岸は、日本との時差が十三時間とか十四時間とかある。母は、毎回こちらの夜に合わせてかけてきていた。あちらは朝だった。

当時の国際電話は音質が悪かった。そのせいで、母の声が妙に暗く、よそよそしく聞こえたものだ。

電話口に父が出てくることはめったになかった。忙しいからと母は言っていたけれど、たぶん違う。

父は江曽良島と関わるのが気まずかったのだろうと思う。江曽良島は、父にとって、過去に置き去りにした故郷、顧《かえり》みるつもりもなかった場所なのだ。

でも、母にとっては、すがるべき新たな故郷だった。

泣いていた母の顔が忘れられない。

小学五年生の春のことだ。わたしはぐずぐずと体調を崩して学校に行けず、後ろめたさのあまり追い詰《つ》められて、膝を抱えてばかりだった。

そんなわたしに、完璧な経歴を持つキャリアウーマンの母は、どう接していいかわからなかったようだ。

当時、すでに、夫婦そろってのアメリカ赴任が決まっていた。でも、しょっちゅう病院にかかる子どもを連れての渡米《とべい》というのは現実的ではない。アメリカでの医療費《いりょうひ》は、日本とは比較にならないほど高くつくらしい。

医療費とはまた別に、言葉の問題も立ちはだかっていた。どこがどんなふうに痛むのか、苦しいのかというのを、小学生のわたしが英語で的確に表現なんてできるはずがなかった。

日本語ですら、自分が何に苦しんでいるのか、ちゃんと言えずにいた。体がつらい。心もつらい。でも、どんな言葉を使えば、このつらさが表現できて、母にきちんと伝わるのだろう?

わたしも母も行き詰まっていた。

両親で話し合った結果、というより、母が「もう無理だ」と訴えた結果、祖母がその訴えを受け止めることになった。

母は、自分の両親と縁《えん》を切っている。今で言う「毒親《どくおや》」というものだったらしい。過干渉《かかんしょう》で、教育虐待《ぎゃくたい》と言えるくらい厳しく、家にしばりつけられてきたそうだ。

自分の両親を反面教師として、母はわたしの前では完璧であろうとしていた。甘やどんどん追い詰められていった。

でも、わたしがうまく母に応《こた》えられず、心身ともに弱りっぱなしだったから、母はかすのではなく、赦《ゆる》す。激高するのではなく、叱《しか》る。

——奈波、あなたを五島のおばあちゃんのところに預けるから。

ひどく緊張した顔でわたしに告げた母は、次の瞬間、泣きだしてしまった。

大人も泣くのだと知って、わたしは驚いた。ぽかんとした顔をしていただろう。そんな顔で、母の切々とした訴えを聞いていた。

母は、このままわたしをそばに置いていたら、かつての自分の両親と同じことをしてしまいそうだと言った。そのことをとても恐《おそ》れていた。

相談できる相手は、五島に住む祖母だけだった。母は、血のつながった両親の代わりに、夫の母である深浦恵以子のことを慕《した》っていた。

母と祖母の間でどんなやり取りがあったのか、細かいところは知らない。

でも、その選択は、わたしたち全員にとって最良だったと思う。

母は、一度わたしから離れたおかげで、自分を赦すことができ、わたしの母親であり続けられた。

わたしも江曽良島で過ごすうちに元気になれたから、母の望む親子関係に足並みをそろえることができた。

それもまた過去の話だ。

一周回って、戻ってきてしまった。

障子の向こうから、祖母がわたしに呼びかけてくる。

「ナナン、寝ちょっとか？」

わたしは答えない。

狸寝入り《たぬきねい》りに気づかれているかもしれない。けれど、祖母は踏み込んでこない。電話の向こうにいる母に「もう寝ちょっよ。日に当たって疲れたとやろ」と告げている。

ごめんなさい。

誰にともなく謝《あやま》る。

情けない人間で、本当に、ごめんなさい。

＊

祖母たちと一緒に教会の掃除をしたいと望んだのは、わたし自身だった。

そのくせ、少しもうまくできなかった。皆の前でちゃんと振《ふ》る舞《ま》えなかった。

言葉を聞き取ることができずに固まってしまったのが、最初のつまずきだった。

祖母の話す五島弁を理解できないことはないのに、ほかのおばあさんたちの言葉だと、なぜだかだめだった。

遠慮のない距離で声高《こわだか》にあれこれ言われるのが、根《ね》掘《ほ》り葉《は》掘《ほ》り尋問《じんもん》されているような気がしてしまって、怖くなった。

口をつぐんで目を泳がせるわたしをかばって、祖母が笑いながら割って入った。

「そぎゃん早口で言われてもさ、どこで口ば挟んでよかか、わからんたい。いっちょずつ質問せんね」

「いっちょずつな？」

「およぉ。あんたは、せっかちじゃもん」

元気なおばあさんたちが声を立てて笑い合う。聖堂のこうもり天井にふわふわと残響がただよう。

わたしがこの場にいるのを種として、昔話に花が咲く。わたしが小学生だった頃のことだとか、同じ時期に江曽良小に通っていた子たちのことだとか。

聞くともなしに聞く。たまに聞き取れなくなりながら、話を拾っていく。

同じ教室で学んでいたメグンやタカの家族は、もう江曽良島にはいないらしい。メグンの両親は、長男の住む長崎本土の諫早《いさはや》に引っ越した。タカのお父さんは亡くなって、お母さんは若松島の実家に戻った。

おばあさんたちは、何でもない世間話《せけんばなし》のようにしゃべっている。でも、寂《さび》しい話題ばかりだ。

わたしはだんだん悲しくなってきた。いたたまれない気持ちでもあった。

「表の掃除、やってくるから……」

ぼそぼそと告げて、玄関で靴を履《は》いた。

祖母の声が追いかけてきた。

「ほうきは裏ん小屋に入っちょっけん」

うん、と返事をした。祖母に聞こえたかどうかはわからない。

あまりの情けなさにうずくまりたくなる。

本当に、今までの輝かしいわたしは、見せかけばかりのメッキでしかなかったのだ。

大学時代にはボランティア活動にいそしんでいた。その理由を、就職活動中にはしょっちゅう話す機会があった。

——これまで知らなかった誰かと関わりを持つこと、つながっていくことが、わたしの喜びなのです。

ずいぶんとまた立派《りっぱ》なことを言ったものだ。

ホームレスの多い地区での炊き出しに参加すれば、感謝されることが多かった。それが嬉しかった。

そのときの気持ちが子どもっぽい優越感《ゆうえつかん》とどう違っていたのか、自分では説明も弁明も証明もできない。

現に、誰かと関わることそのものに喜びを感じる人間でないことは、今こうして自覚している。

まったく知らない相手ではないというのに、うまく話せない。

いや、知らない相手のほうが気楽？

そうかもしれない。

一期一会《いちごいちえ》、もう二度と会わない仲。だったら、この一回きりならば、いい顔を保つのもわけはない。あるいは、ちょっと失敗したって、すぐにさよならだ。後に残らない。

そう、怖いのは、ここが江曽良島だからだ。

うまくできない姿を見せてしまったら、その先ずっと心配される。

今さらだろうか。

二十八歳ともなれば、立派に働いているのみならず、結婚して家庭を築いている人も多い。わたしがその道を歩んでいれば、今頃は祖母にひ孫を見せてあげられたのかもしれない。

でも、実際のところ、わたしはこのざまだ。

全部投げ出して、半病人になって、この島にたどり着いた。

「だめだなぁ……」

竹ぼうきが重たい。無理やり穂先《ほさき》を動かす。

ざりっ、ざりっ、とコンクリートの歩道が鳴る。

祖母たちがおしゃべりしながら働いている。何の話なのか、とても楽しそうだ。

声が聞こえるほどの近さにいながら、何だか遠い。

鼻がぐすぐすしている。咳払いをする。

まだ、調子が悪い。

早く帰って横になりたい。

＊

お昼ごはんを食べた後、祖母は出掛けていった。

「若松まで買い物に行ってくっけん」

掃除仲間のうち、いちばん若い人が車を持っているので、ときどき乗り合いで買い物に出るらしい。

江曽良島で一軒だけだったお店は、三年前、とうとう閉業したという。わたしが小学生の頃からおじいさんだった店主は、お店をたたんだ後、息子さんのいる中通島の青方《あおかた》の施設に入ったそうだ。

祖母は、一応といった感じでわたしに尋ねた。

「ナナンも来《く》っか？」

わたしは作り笑顔で答えた。

「ごめんなさい、ちょっと体調が悪い」

「およさ、顔色ん悪かもん。ゆっくりしちょけ」

車を出してくれるおばさんがしきりにわたしを誘《さそ》いたがっていたから声を掛けたのだと、祖母は付け加えた。

わたしは作り笑顔のままで祖母を見送った。

若松の商店街には、農協のスーパーがある。郵便局、美容室、電器店、文房具《ぶんぼうぐ》店、和菓子店、雑貨と衣類の店に、こぢんまりとしたホームセンターもある。診療所と老人ホームもあるけれど、パチンコは閉まったそうだ。

江曽良島から商店街まで、車なら十分程度だろう。遠くはない。でも、徒歩で行ける距離でもない。平たいところがないと言ってよい道行きだから、自転車も使えない。唯一の公共交通機関であるバスも利便性が低い。就学年齢の子どもがいなくなって以来、早朝便が廃止されたという。

若松の診療所に通うなら、今のバスの時間帯と本数でもいい。

でも、橋を二つ渡った先の中通島の青方にある、上五島でいちばん大きな病院となると、バスを使っての日帰りは難しい。距離にして二十キロ以上。タクシーも使いづらい距離だ。

「やっぱり、信じられないような暮らしだよね」

東京で暮らしていれば、どんなに不便といわれるところでも、徒歩か自転車の行動圏内《けんない》にスーパーかコンビニくらいはあるものだ。病院だって、ネットに書かれた口コミを見比べて選ぶことができる。

「それでもこの江曽良島で暮らす、か……」

古びた学習机の上に、昔使っていたスケッチブックと自由帳、絵の具道具がある。小学校の頃に使っていた道具は、筆やパレットはともかく、絵の具はだめになっていた。青や緑は、そもそもほとんど使い切っていた。赤や黒は少しだけ減った形のまま、ガチガチに固まっている。

スケッチブックや自由帳は、まだ開いていない。

十歳から十二歳にかけての未熟な自分が、そこにいるはずなのだ。未熟ではあっても、日々を一生懸命に満喫《まんきつ》していた頃の自分が。

向き合うのが怖い。

あまりのまばゆさに、くすんで弱った今のわたしなど、あっという間にかき消されてしまいそうで。

わたしは学習机から目を背ける。

と、そのときだった。

玄関の網戸の開く音がした。


「ナナン、おるー？」

「一緒に遊ぼう！」


少しかすれた男の子の声と、元気いっぱいの女の子の声。

わたしは、ハッとして玄関にまろび出た。

「ガクくん……いのりちゃん……」

二人は、先日会ったときとそっくり同じ姿で、白い歯を見せて笑っている。

陰《かげ》った廊下《ろうか》に立つわたしは、二人の背後の夏の日差しに怖気《おじけ》づく。あんなに明るい光に照らされたら、自分のみにくさが際立ってしまう。

でも、いのりはそんなのおかまいなしだ。

「ナナン、遊ぼうってば！」

「あの、でも、今、おばあちゃんが出掛けてて、わたしは留守番《るすばん》してたほうがいいかもしれなくて……」

中途半端な言い訳は、ガクに一蹴された。

「留守番やら、せんでよか！　ばあちゃんどんは、みんな買い物に行ったっちゃろ。そいなら、誰も家に来んさ」

確かにそうだろう。江曽良島では、ご近所さんの動向は、びっくりするほど的確に素早く伝達される。

いのりがふふっと笑った。頭にかぶった白いベールがふわっと揺れた。

「窓はきちっと閉めて、食べ物は冷蔵庫に入れちょかんばならんよ。ちょっとの隙間《すきま》からでも猫《ねこ》が入ってきて、泥棒《どろぼう》していくけん」

そうだ、猫。

野良《のら》というか、もはや野生《やせい》と言ってよさそうな猫が、このあたりにはよく出る。山にねぐらがあるらしい。

山暮らしの猫ではあるものの、人にはよく慣れている。かわいらしい仕草《しぐさ》でごはんをねだったりするのだ。

わたしは思わず咳払いをした。

ぜんそくや鼻炎の症状が出ているときは、猫に近づけない。猫アレルギーの気《け》があるようで、症状が悪化してしまうのだ。

「だから、おばあちゃんが猫を追い回してたっけ」

もともと、江曽良島の大人たちは、あまり猫をかわいがっていなかった。というのも、干している魚や烏賊《いか》、さつまいもや柿《かき》や大根《だいこん》など何でも、猫が素早く盗《ぬす》んでいってしまうせいだ。

江曽良島では米が作れない。隣の若松島もそうだし、中通島にもほとんど田んぼがない。土がやせている上に、海から急斜面の山が生え立っているような地形で、畑がどうにか作れるのは、山肌《やまはだ》を段々《だんだん》に切り開いたところだけ。

そういう島で、猫が食べ物を盗んでいく。となると、目が合った途端に人間のほうが「シャッ！」と怒った猫のような声を上げて威嚇《いかく》するのも、当たり前で仕方のないことだろう。

ガクといのりが、重ねてわたしを誘った。

「遊びに行こうってば！」

「……わかった。ちょっと待ってて」

わたしは降参《こうさん》して、出掛ける支度をした。

＊

窓をすべて閉めて、玄関は鍵をかけず、表に出た。

いのりが待ちかねていたように、わたしの手を取った。

「散歩しよう！　今、潮ん引いちょっけん、磯に下りよう」

釣り針のような形の江曽良島の、きゅっと曲がった内側は、引き潮のときだけ浅瀬《あさせ》が顔をのぞかせる。

浅瀬には、粗《あら》い白砂《しらすな》と黒っぽい板状の岩が交互《こうご》に現れる。透明な波が静かな音を立てて、寄せては返す。

日差しがじりじりする。適当に引っかけてきた白い薄手の上着が、潮風を孕《はら》んでふわりとふくらむ。

岩場の歩き方を、次第《しだい》に思い出した。

海辺に出るときも泳ぐときも、わたしたちは必ず、古い運動靴を履いていた。ビーチサンダルやはだしでは、足を傷つけるおそれがあるからだ。

「あっ、見っけ！」

声を上げたガクが、ぴょんと弾んで岩場にしゃがんだ。潮だまりに手を突っ込む。

「何がいたの？」

わたしは、背中をかがめてのぞき込んだ。

ガクは得意げに手を掲げた。がっしりと握《にぎ》っているのは、立派なトゲを持つ大きなさざえだ。

「潮ん満《み》っちょったときにここまで上がってきて、引き潮んなって取り残されたっちゃろ。ナナンにやる」

「え？　ありがとう」

とはいえ、さざえを一つ、ぽんと渡されてしまっても、ちょっと困る。

いのりが、手作り風の白いワンピースのポケットから、小さな三角形にたたんだレジ袋を取り出した。

「はい。これ、使って」

「ありがとう」

レジ袋の三角形をほどく。これは子どものたたみ方だ。空気を入れずに、折り紙みたいにきっちりと角をそろえて折る。大人は案外、レジ袋のたたみ方が雑なのだ。

「わたしも持ち歩いてたな、三角袋」

「ナナンはランドセルのポケットに入れちょった」

いのりが何でも知っているみたいに言う。

「だって、これ、便利だったから」

「生活ん知恵！」

家の仕事を身につけたのは、江曽良島で暮らしていた頃のことだ。

食器を洗ったり、野菜の皮をむいたり、掃除機をかけたり、洗濯物を干したり取り込んだり畳んだり。それから、レジ袋を三角形に折って畳んで、ちょっとしたところで再利用したり。

一つずつ、できるようになった。身につけるたびに達成感があって、あの頃のわたしは家事が好きだった。

江曽良島で暮らした経験がなかったら、わたしはきっと、家事のやり方を何ひとつ知らないままだった。両親ともに働きに出ていた我が家では、ハウスキーパーさんがいつの間にか掃除や洗濯や台所仕事をすませてくれていた。

磯《いそ》を歩きながら、ガクもいのりも、たびたび岩場の潮だまりにかがみ込んで、そのたびに獲物《えもの》を見つけた。

二つ目、三つ目のさざえも拾った。それより多いのは、さざえに似た巻貝の、みな。海水でじっくりゆでて、待ち針でくるくると身を取り出して食べる。

さざえやみなの円錐形《えんすいけい》の貝殻は、その内側の色味が美しい。白地に、青みがかったマーブル模様がうっすらと広がっている。

こんなふうに、引き潮の岩場では、晩ごはんのおかずになるものが手に入る。

あの頃、磯で遊ぶといったら、こうして獲物を探してばかりだった。海で泳ぐというときも、海底の岩場に張りついて、やっぱり獲物を探すのだった。

　ふと思い出し笑いをしてしまう。

「海水浴って、何だっけ？」

　千葉の中学に上がってから、クラスメイトと海に行く話になったときのこと。ビーチの人混みに面食らったのはさておき、こんな砂浜に獲物はいないな、などと考えてしまった。

　それで気づいたのだ。島で暮らしていた間、いわゆる海水浴というものには無縁《むえん》だった、と。

　第一、水着の上に何も身につけずに泳ぐなど、五島の海では危《あぶ》なくて、とてもできることではない。

　ごつごつとした岩だらけの瀬が、海岸線のほとんどを占めている。万一そういうところで傷を作ってしまったら、治りにくい。

　また、くらげやいらに刺されると赤く腫《は》れ上がって跡が残る。海底に潜む、がんぜという雲丹《うに》のトゲも危ない。ふじつぼや牡蠣《かき》の殻で切ると、膿《う》んでしまうこともある。

　だから、できるだけ安全を保てるよう、海に入るときは長そで長ズボンが望ましい。わたしたちは、穴が開いた中学ジャージみたいな、お兄さんお姉さんたちのお古を着て泳いでいた。

でも、そこそこ都会の中学生になったわたしにとって、五島の海の泳ぎ方は過去のものとなっていた。もはや引きずるべきものではなかった。

わたしは、中学の友達と過ごすビーチでは水着になった。まわりの子たちと同じように、はだしで波と追いかけっこをしては、はしゃいでみた。

人混みだらけのビーチの情景にうまく溶け込まなければならない、と感じていた。獲物のいない海辺は、まるで試験会場みたいだった。

いや、試験会場はビーチだけじゃなかった。

中学生活で出くわす場面のすべてがテストのようだった、と言ってもよかった。わたしは一年半の五島での生活の間に、いろんなことをすっかり忘れていたのだ。

電車の乗り方。マックの注文の仕方。コンビニの商品のラインナップ。洋食の味。流行のファッション。話題のテレビ番組。チェックすべきダンスボーカルグループ。

特に中学一年生の頃は、愕然《がくぜん》としてばかりだった。わたしは何て常識がないんだろう、このままではのけ者にされてしまう、と。

必死になって頭に叩き込んだのは、勉強だけではなかった。当たり前の中学生としての遅れを取り戻さなければならなかった。

「ほんと、あれは何だったんだろう？　どうしてあんなにあせってしまったんだろう？」

中学時代を振り返ると、いつも気を張っていたことばかり思い出される。

でも、すっかり大人になった今となっては、滑稽《こっけい》にも感じられてしまう。

学校というせまい世界の中での常識だとか当たり前だとか、あんなに必死になってしがみついていたのに、その実、ほんの小さなものに過ぎなかった。

全部なくしちゃいけないと思って一生懸命に抱え込む。そんな癖《くせ》だけが、わたしの中で育ってしまった。


島の先端、瀬の途絶《とだ》える一帯《いったい》は、細かな白砂敷きになっている。瀬に立つわたしの足下から、二、三十メートル向こうまで、ひと続きの白。

白砂の上に広がる海の色に、わたしは目を見張る。

澄み切ったエメラルドグリーンだ。

見事に透き通っている。白砂のすぐ上を泳ぐ魚の姿が見えるくらいに。

「そうだ、この色……このみどり色だ」

わたしの心にくっきりと残っている、江曽良島の海の色。

顔を上げてみる。

湾を挟んだ対岸には、江曽良島の集落が望める。

赤い瓦屋根の小学校、白い板壁の教会。コンクリートの防波堤が、その内側を走るコンクリートの道路を守って、海岸線に沿って続いている。
集落の背後にそびえる山が、海にみどり色の姿を映している。
白砂の上の淡いみどりと、山並みの鮮やかなみどりの間に、群青色《ぐんじょう》が横たわってい
る。
群青色をした海は、深い。江曽良島の近辺を含む若松瀬戸は、浅瀬を少し離れると、
いきなり、ずどんと深く落ちくぼんでいる。
ごく穏《おだ》やかな波が日の光を反射《はんしゃ》してきらめいている。
「きれいだね。ここの海は、本当にきれい」
ふわりと風が吹く。
潮をふくんで湿った風だ。磯のにおいがする。もっと遠くから吹いてくる、海その
もののにおいもする。
ふと、船が近づいてくるのが見えた。
若松島のほうから、紺碧《こんぺき》の海に白い軌跡《きせき》を描いて、集落の真ん中にある船着き場の
ほうへと、白い船は駆けてくる。
漁船ではない。でも、クルージング船と呼べるほどおしゃれなものでもない。
その船の名を、わたしは覚えている。
「わかしお……渡海船《とかいせん》のわかしおだ！」

いのりがぴょんと跳び上がって、両手を大きく振った。

「わかしおだぁ！　おーい、久しぶりー！」

足下の砂をざらざらとかき回していたガクは、立ち上がって船着き場のほうを指差した。

「行こうで、ナナン。あと、これもやるけん」

ガクはそう言いながら、わたしのほうへ手を突き出した。その手のひらに、みどり色のシーグラスがのっている。

昔は浮きとして使われていた大きなガラス玉が、小さく割れて丸く削《けず》られ、まるで宝石のようになったものがシーグラスだ。潮の流れの関係で、江曽良島では、この突端の瀬でしか拾えない。

「ありがとう」

ガクからシーグラスを受け取って、上着の胸ポケットに入れた。

わたしたちは、船着き場を目指して歩きだした。

＊

渡海船わかしおは、江曽良島で暮らしていた頃、なくてはならないものだった。

一年半の間にバスに乗ったのは、両手で数えられる程度の回数だった。その一方で、わかしおには、ほとんど週末のたびに乗っていた。

土曜日か日曜日、あるいはその両日、わたしは祖母と一緒に若松へ買い物に行っていた。そのときの交通手段が、わかしおだった。

当時の南松浦郡《みなみまつうらぐん》若松町は、若松島を中心に、江曽良島や日島など周辺の有人島と、若松瀬戸をはさんで向かい合う荒川地区や宿ノ浦《しゅくのうら》地区、桐古里《きりふるさと》地区がふくまれていた。

その各所の船着き場を結んでいた町営の交通機関が、渡海船わかしおだった。

「今、わかしおが着く時間だっけ？　昼の便……じゃなくて、もう夕方の便？」

船着き場へと向かいながら、一生懸命に思い出そうとしてみる。でも、どうにもはっきりしない。

先頭を歩くガクは、けらけら笑った。

「こんまかことは気にせんでよかと！」

「小さなことじゃないよ。わたし、せっかくだから、ちゃんと思い出したいのに」

わかしおが着くのは、小学校のすぐそばの浮桟橋《うきさんばし》だ。

今は引き潮なので、コンクリート製の浮体《ふたい》は、陸よりずっと低いところにある。赤《あか》錆《さび》だらけの渡り橋は、普通に歩くだけで、カンカンと甲高《かんだか》い音が響く。

係留されたわかしおは、エンジンを止めて静かに待っていた。

中学生くらいの、精悍《せいかん》な顔つきの少年が、わかしおの甲板《かんぱん》にたたずんでいる。白いカッターシャツに、学生服の黒いズボン。足下は、少し汚れた運動靴。

「江曽良には久しぶりに来たぞ。人ん少のうなったなぁ」

しみじみと言う声は低い。でも、大人のものではない。子どもっぽい甘さがどこか残っている。

少年はわたしを見やって、まぶしそうに目を細めた。その笑顔を、確かに知っている気がした。

「きみは……」

尋ねようとしたわたしの言葉をさえぎって、少年はみずから名乗った。

「わかしお」

やっぱりそうだ。

わたしの目に映る、この美しくも不思議なひと連なりの情景は、そういうことなのだ。

「本当に、わかしおなんだね？」

「ああ。久しぶりやな、ナナン」

ガクといのりがそう言ったのと同じように、わかしおも、当たり前のようにわたしに「久しぶり」と告げる。どうしようもなく懐かしい声で。

「会いたかったんだよ」

「そうや」

そっけない口調で返すわかしおに、わたしは思わず詰め寄った。

「うそなんかじゃないよ。会いたかった。だって、ここで見られる船の中でいちばん、わかしおが好きだったんだよ、わたし」

口を開いたら、あまりにもあっさりと、そんな言葉が飛び出してしまった。

乗り物の造形に心を惹《ひ》かれたことなんて、幼い頃は一度もなかった。車も電車も飛行機も、わたしはピンとこなかった。

けれど、五年生の夏の終わり、船という乗り物の形に、なぜだか心を動かされた。中でも、渡海船のわかしおだった。

当時、江曽良島には何艘《そう》もの漁船が停泊《ていはく》していた。でも、七人乗れると書いてある船だって、わかしおに比べたらずいぶん小さくて、何となく迫力《はくりょく》に欠けた。

といっても、大きければいいというものでもなかった。若松島の港まで出ると、五島のほかの島とを結ぶフェリーや、福岡《ふくおか》の博多港《はかたこう》からやって来る夜行のフェリーも見られた。でも、フェリーは何だか違うのだ。今ひとつ琴線《きんせん》に触れない。風を切って走るわかしおは軽やかだった。白い船体の描く曲線は、武骨《ぶこつ》でありながら優《やさ》しい形をしていた。

朝、中学校や高校の制服を着たお兄さん、お姉さんたちが、わかしおに乗り込む姿を見るのが好きだった。ほかの地区から乗ってきた中学生、高校生は、とても大人びて見えた。

六年生の秋までは、わたしもあんなふうにわかしおに乗って中学に通うのだ、と思っていた。

あこがれは、かなうことなく消えてしまった。

「そうだった。わたし、すっかり忘れてた」

忘れよう、忘れなければ、と努力したせいだ。

中学からは関東に戻る、と両親が決めた。五島に未練など残してはならなかった。だから、必死になって、いろんなことを忘れた。

船の形が好きだなんていう子どもっぽい趣味があったことも、わかしおで通学するのにあこがれていたことも、わたしは記憶の奥に押し込めて、重たい蓋をした。二度と開けないつもりだった。

わかしおは、船の揺れをものともせずに、身軽に甲板から浮桟橋へと移った。くすぐったそうに頬をかく。

「ナナンはあん頃、俺ん姿ば絵に描いてくれたな。何べんも」

「うん。なかなかうまく描けなくて、何度も描いてた」

「江曽良に停泊しちょっ間には描いてしまいきらんけんっち言うて、一日じゅう乗ってくれたこともあったな。船着き場に止まるたびに、パッち降りてスケッチして、出航になったらまた乗って」

「六年生の夏休みだね。海にまつわる絵を描くのが、夏休みの宿題の一つだったの」

「ほかにも船はあっとぞ。あぎゃん細かく、そっくりそのままにスケッチせんでも、大きさん似通った船なら、大体同じ形ばしちょったい。何も俺にこだわらんでも」

わかしおは、船着き場から離れたところに係留してある漁船を指差した。

「全然違うよ」

「あっちのほうが、だいぶ新しか。きれいか船ば描けばよかったとに」

「わかしおがいちばんきれいで、かっこよかった。それに、いちばん清潔でもあったよ。毎日、運転手のおじさんたちに洗ってもらってたでしょう？」

「まあ、客ば乗すっけんな。ばってん、ボロには変わりなかろう」

遠くから湾《わん》に入って近づいてくるわかしおの姿は白く、紺碧《こんぺき》の海に映《は》える。でも、近くでよくよく見れば、あちこち錆びている。

白い塗装《とそう》のはげたところもある。エンジンの冷却水《れいきゃくすい》を吐き出す管のまわりは、特に汚れている。黄色いはずのフロートフェンダーはすっかり色あせ、船体と浮桟橋の間で揉《も》まれて、ひしゃげている。

その全部を、わたしは覚えていたかった。わたしが描く絵の中にずっと留めておきたいと思った。

「一日じゅう動き回る船を描くなら、写真を撮《と》って現像してもらって、それをモデルにすればいい。そのくらい、わたしもわかってたよ。あれは、単にわかしおに乗りたかっただけ。ずっと乗っていたかっただけなんだ」

わかしおが走るときに感じている風まで、まるごと全部、絵にしたかった。

からりと晴れた夏の日、わかしおの乗り心地は最高だった。

緑色をした日除《ひよ》けのシェードの下で、わたしは一日じゅう、甲板の硬いベンチに座っていた。

絶えず吠《ほ》えるエンジンの音。機械油のにおい。リズミカルに波に乗り上げれば、体が弾む。潮のしぶきが頬をなでる。

運転手のおじさんたちも親切だった。お弁当は、おしゃべりしながら一緒に食べた。それまではあいさつを交わす程度だったけれど、あの一日ですっかり打ち解けた。

おじさんたちは、わたしの父のことを知っていた。学年は離れていたらしい。でも、若松中学校にとんでもない秀才がいる、という話は耳にしていた。その秀才こそが、父だった。

父が有名人だったから、娘であるわたしがぜんそくの療養《りょうよう》のために江曽良島に来ているというのも知っていたらしい。

わかしお周遊の旅をした頃には、わたしはとっくに発作が出なくなっていた。おじさんたちは、わたしが元気になったことを喜んでくれた。

中学生くらいの姿をしたわかしおが、くつくつと喉を鳴らして笑った。

「変わった子じゃち思った。人ん減った浦から浦へ、乗せる客がおってもおらんでも、ただ走るだけの渡海船ぞ。何のおもしろかろうか？」

「おもしろかったよ。若松瀬戸の景色は、眺《なが》めてるだけで楽しいから」

わかしおは、船体越しに海のほうを見やった。

「いずれ、乗ってくれる人もすっかりおらんごとなって、忘れ去られていくだけやち思っちょった。ばってん、ナナンは覚えちょってくれたっか」

「忘れてたけど、思い出したの。ここに来て、少しずつ思い出を拾ってるところ。わたし、こんなにかけがえのないものをいくつも持ってたんだね」

わかしおは振り向いた。寂しそうに微笑んでいる。

「本当は、子どもん頃んごとナナンば乗せて走ってやりたかばってん、ごめんな」

汽笛《きてき》が聞こえた。渡海船わかしおの声だ。

瞬間、あの夏休みに見た情景がありありとまぶたに浮かんだ。


ぷつん、と汽笛が消えた。

わたしは目を開けた。

コンクリートの防波堤に立っている。

「ない……」

渡海船わかしおの姿はもちろん、浮桟橋すらない。甲高い足音の立つ渡り橋がかつて架《か》けられていた形跡の、真っ赤に錆びた大きなボルトだけが、足下に残っている。

そう、渡海船わかしおが旧若松町の海からいなくなって久《ひさ》しい。

船便が結んでいたラインは、バスの便に置き替わっている。渡海船時代の利便性がすべてカバーされているわけではないけれど。

わたしは立ち尽くしていた。

江曽良小の門前で出会った、ガク。

教会の中に導《みちび》いてくれた、いのり。

そして、つい今しがたまで言葉を交わしていた、わかしお。

三人ともすぐそばにいたはずなのに。

わたしは、だらりと腕を落とした。指先に引っかかっているのは、さざえやみなを入れたレジ袋だ。

胸ポケットに触れると、みどり色のシーグラスのなだらかな形が感じられた。

＊

晩ごはんの食卓に、わたしが採《と》ってきたさざえとみなが上《のぼ》った。

わたしが採ってきた、としか祖母には言えなかった。島の端まで散歩してきた、と告げると、祖母はほんのりと笑った。安心しているようにも見えた。

突っ込んだことを訊いてこない祖母の先回りをして、わたしは言った。

「ちょっと元気になってきたよ。磯に下りてみたら、においもわかるようになってた。ほら、鼻声、治ったでしょ？」

「およ。水ん合ってきたかね」

わたしはうなずいた。江曽良島の水は、わたしにとって甘い。

「おばあちゃんは、今日、どうだった？」

尋ねると、ああ思い出した、と祖母は膝を打った。食卓の椅子を立ち、買い物用の手提《てさ》げバッグを持って戻ってくる。

「これでよかろうかね？」

取り出したのは、十二色入りの水彩絵の具のセットだった。それから、ケース入りの2Bの鉛筆《えんぴつ》。

わたしは受け取った。

「ありがとう」

「絵は、ずっと描きよったと？」

「ううん。大人になってからは全然。いや、高校時代からかな。生徒会や課外活動もやってたから、遊びとか趣味とか、完全に忘れちゃったんだよね」

そのまま大人になって、いっぱしの仕事人間と呼ばれていた。仕事を手放したら、わたしのもとには何も残っていなかった。

祖母が、低く歌うように言った。

「また始めればよかたい。初めはうまくいかんじゃろばってん」

わたしは絵の具と鉛筆をそっと抱きしめた。

「下手になってるだろうね。でも、思い出したいんだ」

お風呂の後、サンダルをつっかけて外に出てみた。

籐《とう》を編み上げたデザインの、思いのほかおしゃれなサンダルは、若松の商店街で売ってあったそうだ。祖母が買ってきてくれた。

空を仰ぐ。

細い月は山の端に沈みかけていた。そのぶん、星の光が明るい。

「目標、これだったよね」

紺青《こんじょう》色の空に白々と流れる天の川。無数の星。

この美しい空の光を、どうすれば描けるのだろう？

子どもの頃、江曽良島で暮らし始めて驚いたことはたくさんあったけれど、星空の明るさもその一つだ。

星というのは、こんなにもくっきりと輝くものなのか。

あらゆる星が明るいから、星座を見つけるのもひと苦労だった。ものの形を覚えるのは得意だったけれど、手元の星座早見盤と同じ形を空に探すのは、ちょっと骨が折れた。

虫の音が静かに響いている。

牛蛙《うしがえる》の声も交じっている。山から海へと流れる川に棲《す》んでいるのだ。牛蛙のおたまじゃくしは金魚のように大きくて、初めて見たときはびっくりした。

あの川には蛍《ほたる》もいる。梅雨《つゆ》の頃には、山すその木がクリスマスツリーみたいになるほど、たくさんの蛍が飛び交う。ぼうっと光るきのこが見られるのも、蛍が飛ぶのと同じ時季だった。

「来年だなぁ」

きっと今でも、梅雨の頃になれば見られるはずだ。

そう考えてから、ちょっと笑う。

そっか。やっぱりわたしは、このまま江曽良島にいようと考えているのか。

「仕事、どうしよっかな」

当面の生活費は祖母に渡してある。仕事に明け暮れていたから、貯金《ちょきん》だけはそれなりにあるのだ。

でも、ここで暮らすとなると、貯金を食いつぶすばかりではいられない。

「ぼちぼち探すかなぁ、仕事」

そもそも仕事があるのかどうか、わからないけれど。

わたしは、ぐい、と伸び上がった。運動不足の背中がぴしぴしと音を立てた。

4 小学校——帰りたかった、この道を

祖母は、一日に一つか二つだけ、用事を入れている。

今日は養殖の仕事に行くとか、教会の掃除をしてその後は若松まで買い物に行くとか、誰だれさんと一緒にお昼を食べるとか、バスで若松の美容室に行くとか。

ざっくりとした時間の約束をして、ラジオを時計代わりにしたり、朝昼夕に鳴る防災無線の音楽を合図にしたり、日の高さを目安にしたりして、祖母は動いている。

「年金暮らしの年寄りやけん、のんびりしちょっとたい」

のんびりはしていないと思う。

料理でも草むしりでも、いざ何かの仕事を始めると手早い。長年にわたって培《つちか》われた技《わざ》だ。動きに無駄《むだ》がない。

だからといって、せかせかもしていない。

祖母が時間に追われる様子がないことに、初め、わたしは戸惑った。仕事に行く日の朝さえ急がない。間に合うのだろうかと、勝手に不安になったりした。

ここでしばらく暮らすうちに、気がついた。

「わたし、変に忙しすぎたのかもしれない」

「東京で働きよったときな？」

「うん。分刻みでスケジュールを入れて、走るような早足で歩いて、座ってごはんを食べる暇《ひま》もないくらいだった。そういうのが当たり前だったし、かっこいい働き方だと思ってたんだ」

祖母の隣で、ふかしたじゃがいもの皮をむきながら、ため息をつくような笑いが口からあふれていった。

ほんのり温かいと言えるくらいになるまで、じゃがいもは冷ましてある。皮をむいたら、つぶしてマヨネーズと砂糖を混ぜて味つけして、塩もみした胡瓜《きゅうり》や小さく切ったハムと和《あ》えて、ポテトサラダにする。

ポテトサラダの盛りつけには、ゆで卵を使う。ギザギザの切れ目を入れて、チューリップに見立てて飾るのだ。

二人で食べるには、じゃがいもの量が多すぎる。いつものことだ。一人暮らしのご近所さんにおすそ分けするぶんも作っているのだ。

この島の住人は、ほとんどが六十歳以上だ。おかずやジュースなんかを持って訪ねていって、日頃からお互いに声を掛け合うのが習慣になっている。

祖母は胡瓜をとんとんと切ってしまうと、言った。

「ナナンは、大変じゃったな」

「忙しかった。でも、わたしが勝手に忙しくしてただけだった気もする。違う働き方もできたと思う」

「どぎゃん仕事やったっか？　インターネットやら、ばあちゃんにはようわからんばってん、そぎゃんこつばしよったっちゃろう？」

インターネット環境は、もはや現代のインフラだ。電気、ガス、水道と同じように、生活になくてはならないもの。

情報伝達の速さと広さ、回線の太さがいかに重要であるかは、二年前の東日本大震災で嫌というほど痛感した。

今はまだ、災害時の情報伝達においてはラジオがいちばん強いだろう。でも、音声だけ、しかも日本語による伝達だけでは不十分。その補強となる別の手段もほしい。

それに、ラジオは一対多数だ。一人の発信者から面展開する。けれども、本当にほしいのは一対一のライン、家族の安否《あんぴ》を知る一本の糸だ、という場面も捨て置けない。

そういう切実なあれこれを背景にしながら、わたしは自社のサービスと技術を客先に売り込んでいた。開発中のアプリケーションに資金の援助が得られるよう、懇切丁寧《こんせつていねい》に説明して回っていた。

はず、だった。

「……ちょっと現場を離れてただけで、何か、いろいろ忘れちゃったみたい。具体的なところが頭の中から吹っ飛んでる。データの細かい数字までしっかり覚えてたのに」

「体ば壊したとじゃけん、しょんなか」

しょんなか、と聞こえる響きは、仕方がないという意味だ。

よく聞いていた言葉だった。

わたしが未練がましくあきらめられずにいるところを、祖母はあっさり、しょんなか、と言ってのけるのだ。さっと頭を切り替えて、別のほうへ進んでいける。

祖母の潔《いさぎよ》さはうらやましい。

わたしは、だから、真似をすることにした。

「そうだよね。しょんなか。もういいんだ。頭に入りきれないくらいの情報を無理やり覚えてたんだから、やっぱり無茶だったんだよ。こうやって、強引に蓋をしてるみたいだった」

自分の頭を手で押さえつけるふりをする。

祖母は笑った。

「頭んパンクしたんな。無理せんこつたい」

「うん、無理しない。わたしにしかできない仕事だって気負ってたんだけど、そうでもなかったみたいだし。わたしの代わりくらい、誰にだって務まるんだよ」

わたしは社内で騒動《そうどう》を起こした挙句《あげく》、いきなり辞めた。引き継ぎも何もあったものじゃなかったけれど、呼び戻されることもなかった。迷惑《めいわく》をこうむった誰かが怒りをぶつけに来ることもなかった。

ごく簡単に、わたしの抜けた穴《あな》は埋《う》められたらしい。

祖母は、ぎゅっと胡瓜の水気を絞《しぼ》った。

「ばってん、ナナン。ばあちゃんにとっては、ナナンの代わりはおらんとぞ。今言うたごと、無理はもうしなさんな」

照れくさくなる。わたしはじゃがいもに視線を落とした。

「うん。ゆっくり考えるね」

携帯電話もパソコンも手元にない生活に、だんだん馴染みつつある。着信音にもメールにもわずらわされることなく、わたしは寝たり起きたり食べたりしている。

時間がひっそりと過ぎていく。

明日は、祖母と畑仕事をする予定だ。夏場の雑草の勢いはすさまじい。ほんの一日、二日の間に、びっくりするほど生《お》い茂《しげ》ってしまう。

今、畑に実《みの》っているのは、胡瓜と茄子《なす》とピーマンとおくらだ。端っこのほうには大葉とねぎも植わっている。

つやつやした茄子とピーマンは小振りだけれど、味がギュッと濃《こ》くておいしい。めんつゆを使って、揚《あ》げ浸《びた》しにするのが好きだ。

おくらは、さっとゆがいて、長いもと一緒に細かく叩いて、鰹節《かつおぶし》を加えて、しょうゆで和える。ご飯や豆腐《とうふ》にのせて食べるとおいしい。

わたしがつらつらと畑のことを考えていたら、祖母が不意に、見透かしたようなことを言った。

「ナナンは、しばらくこっちにおらるっとじゃろ？」

「そのつもりだけど」

「今度、じゃがいもば植えようか。秋に収穫《しゅうかく》するぶんたい」

胡瓜とおくらは、そろそろ時期が終わろうとしている。そこに次はじゃがいもを植えるのだ。

「じゃがいも、いいね。いつ頃植えるの？　一緒にやりたい」

小さな畑とはいえ、植え替えは大仕事だ。くわの使い方は江曽良小時代にずいぶんきたえられたけれど、今となってはちょっと自信がない。

だからといって、大仕事を祖母ひとりにやらせるわけにもいかない。

祖母は、くしゃりと笑った。グレーの目が明かりを映し込んでいて、きれいだ。五島をはじめとする長崎各地は、戦国時代から江戸時代、開国後に至るまで断続的にヨーロッパとの接触があったから、祖母のような目の色の人が時おりいるらしい。

「大輔《だいすけ》先生ん家《がい》に、種いもばもらいに行かんば」

思いがけない名前に、びっくりする。

「大輔先生、まだ江曽良島にいるの？」

わたしたちの担任だった、大輔先生。名字は濱《はま》という。江曽良島出身で、何度か落ちた教員採用試験にようやく受かったばかりの、まだ二十代の先生だった。

「うんにゃ、大輔先生の両親がおっとさ。大輔先生は中通島の真ん中ん辺《にき》の、魚目《うおのめ》ん学校で教えよっちた。学校んそばに家ば借りて、嫁さんと子どんと住んじょっち」

「結婚したんだ」

「およ。よか歳《とし》になっちょっもんば。休みん日には、家族ば連れて帰ってきたりしよっばい。そのうち会えるたい」

「そっか。ちょっと、ピンとこないけどね。小学校を卒業して以来、連絡とってなかったから」

話しながらも、祖母とわたしの手は止まらない。

ポテトサラダは、さくさくと完成した。次は、祖母が魚を焼く。わたしが、さっきゆがいたおくらを叩く。

魚は、いさき。お隣の清蔵《せいぞう》おじさんからのおすそ分けだ。

腕利きの漁師だった清蔵おじさんは、七十を超えて引退した。今では明るい時間にだけ舟を出して、自分たちが食べるぶんをほそぼそと釣ってくる。

わたしが小学生の頃、清蔵おじさんは毎朝早くに定置網《ていちあみ》の見回りに行っていた。朝もやの中に響く舟のエンジンの音を、うっすらと覚えている。

「ポテトサラダ、清蔵おじさんのところにも持っていく？」

何となく訊いてみた。祖母はうなずいた。

「持っていってやらんば、野菜ば食べんとさ」

「それはよくないね」

「ナナンが作ったっち言ってやったら、喜んで食ぶっよ。いさきも、ナナンに食わせろっちて持ってきたとよ」

「うん、食べる。ありがたいね」

わたしは笑う。祖母も笑っている。

分刻みという類《たぐい》の忙しさではないけれど、ぼーっとしてもいられない。江曽良島の時間の流れ方には、戸惑うこともありつつ、心地よさを感じるようにもなってきた。

これからのことを考えるゆとりが、少しずつ生まれてきた。

＊

昼下がりのこと。

網戸にすると、部屋は風の通り道となって涼しい。

祖母は、昨日作ったポテトサラダを持って出掛けていった。数軒を回って、ゆっくりおしゃべりをして帰ってくるという。

わたしは、小学校時代の卒業アルバムを開いた。

なくしたと思っていたら、何のことはない。この家に置きっぱなしにしていただけだった。

適当なページを開いてみて、つい噴《ふ》き出してしまう。

「日本一ぜいたくな卒業アルバムかもね。わたしとメグンのためだけに一冊作ってもらったんだから」

学校行事の様子、普段の授業中、掃除の時間や給食の時間、修学旅行先での一コマ。

どの写真にも、わたしとメグンがいる。一緒に写り込んでいるのは、全校児童の十二人、みんなだ。

卒業アルバムと一緒に祖母が保管していたのは、わたしが賞を獲った二枚の絵とその賞状、江曽良小の閉校記念誌だ。

絵は、二枚とも額《がく》に入った状態だった。それを目にした途端、思い出した。

長崎市での授賞式と県内の巡回展《じゅんかいてん》が終わって絵が手元に戻ってきた後、祖母はさっそく額に入れて玄関に飾った。ご近所さんが訪ねてきてガラッと戸を開けたら、真正面にわたしの絵があったわけだ。

むろん、島じゅうで評判になった。会う人ごとにほめられた。

わたしは戸惑った。照れくさくて仕方なかった。それで、祖母に言ったのだ。

——恥ずかしいから、家に飾らないで。

祖母は、しゅんとしょげていた。

わたしは慌《あわ》てて、しどろもどろになって、気持ちを言葉にした。

すっかり目立ってしまって、みんなが「すごかね」と言ってくれる。嬉しいことのはずなのに、どうしても恥ずかしくなるから、今はまだ絵を隠しておいてほしい。

今はまだ、という言い方をしたと思う。

人前で堂々と胸を張れるようになったら、絵も隠さなくて大丈夫。だから、ちょっと待ってて。

そんな感じのことを、何とかして祖母に伝えた。

祖母は、わかった、と言ってくれた。そしてそのまま、こうして額入りのままで保管してくれていた。わたしが「もういいよ」と告げるのを待ってくれていたのだと思う。

小学六年生のときに描いた二枚の絵を、畳《たたみ》の上に並べてみる。

一枚は、教会で祈る祖母の姿。

もう一枚は、江曽良島の船着き場に停泊するわかしおの姿。

筆致《ひっち》を見れば、重ね塗りをくり返したことがわかる。作業していたときのことはよく覚えていない。でも、目に映るとおりの色味《いろみ》に何とか近づけようとして、工夫を続けたのだろう。

「我ながら、けっこうよく描けてるなあ。昔のわたしは根気強かったんだね」

一枚の絵にじっくりと向き合うとか、ある作品を丁寧に仕上げていくとか。そういう時間の使い方をしたのは、中学校に上がって以降、なかったかもしれない。

だって、わたしはいつでも慌ただしかった。やるべきことはたくさんあった。じっと腰を据《す》えて取り組む時間なんか、とても持てなかった。

「まいったな……じっくりって、どうやるんだったかな」

絵を描く技術以前の問題。

どんな気持ちで白い画用紙に向かえばいいのか、わからない。迷子《まいご》になったような気分だ。


ふと、軽やかな足音が聞こえた。

駆けてくる足音が、三つ。それから、網戸の開く音。

「ナナン、おるやろー？」


ガクの声だ。

わたしは卒業アルバムを置いて立ち上がる。

玄関に出てみると、ガクといのりが網戸の開いたところから顔をのぞかせていた。

少し離れて、わかしおも立っている。

「今日は何？」

言いながら、わたしはすでに靴を履いている。どこかに連れ出されることは、三人の顔を見たときからわかっていた。

ガクといのりは目と目を見合わせ、せーの、と息をそろえた。

「学校へ行こう！」

わかしおが付け加えた。

「江曽良小の校舎ん探検たい。体育館にも行くか。懐かしかろう？」

＊

今年度で江曽良小学校が閉校する、と聞かされたのは、六年生の一学期だった。わたしとメグンが卒業するのを最後に、江曽良小の歴史が終わる。在校生はみんな、次の年度からは隣の若松小学校に通うことになる。

その一年間、ことあるごとに「江曽良小最後の運動会だから」というような言い回しが聞こえた。

普通の小学校だったら、六年生だけがそんなふうに発破《はっぱ》をかけられるものだろうと思う。それが全学年だった。全員が今年度限りでこの学校とお別れするのだ。

体育館に足を踏み入れたわたしは、閉校式の日のことを思い出していた。

「泣かないつもりだったんだけどな。だって、ずっとカウントダウンされてて、覚悟《かくご》は十分にできてるはずだったの」

ガクが、すんと洟《はな》をすすった。

「仕方んなかろう。泣いちょらん人、おらんじゃったもん」

卒業式から約一週間後、若松町立江曽良小学校の閉校式が執《と》りおこなわれた。島に住んでいる人はもちろん、就職や進学で島の外に出ていった人たちも戻ってきて、閉校式に参加した。

でも、父は来なかった。単に忙しかったのかもしれないけれど。

わたしの引っ越しには、母が来て数日滞在していった。閉校式にも母が参列した。だからなおさら、父の不在が寂しかった。

千葉に戻ったら、もちろん頑張るつもりだった。高校は東京のいい私立に行けるくらい、勉強の成績も日頃の活動も、ちゃんとやろうと決めていた。

でも、五島にいる間にもしっかり頑張れていたわたしの姿を、父にも少しは見てほしかった。

いのりが訳知り顔でステージの下を指差した。

「あそこにシートとパイプ椅子が入っちょっと！」

ステージの下は、レール式の大きな引き出しになっている。折りたたんだパイプ椅子など、重たいものがそこにしまわれていた。

閉校式の準備は、前日に全校児童と先生がた、全員でやった。卒業式の後ではあっても、わたしとメグンは最高学年としてせっせと働いた。

まず体育館の床をモップできれいにして、さらに雑巾《ぞうきん》がけをした。そこまでしないと、運動場から吹き込んできた砂のせいで床がザラザラしていた。

それからモスグリーンのフロアシートを敷いて、パイプ椅子を並べた。卒業式のときも飾られていた、五十個ほどの鉢《はち》植えのパンジーを、温室代わりの職員玄関から運んできた。

「閉校式の前日の夜は、風よ吹くなって祈りながら寝たの。てるてる坊主《ぼうず》は風を止めてくれるだろうかっていう議論になって、効果はわからないけど一応作ろうっていうところで落ち着いた」

晩秋から冬にかけて、五島列島やその近海は季節風の影響で天候が荒れやすくなる。五年生の頃、初めて過ごした冬は、夜が怖かった。

空が分厚い雲でおおわれた夜など、星明かりも外灯もないから、本当に真っ暗だった。そんな中、ただ風がごうごうと吹き荒れていた。

特に大荒れだった夜の翌朝は、ちょっとしたイベントだった。授業どころではない。特に被害が甚大《じんだい》な体育館を中心に、学校じゅうの掃除をしないといけなかった。

わかしおが北の窓を指差した。

「閉め切っちょっとに、隙間風ん入ってくる。夏でもこぎゃんなら、冬は比べ物にならんほどひどかったろう」

わたしはしゃがんで床をなでた。ひんやりとした床は、今はざらついてなどいないけれど。

「運動場から吹き込んでくる北風で、体育館じゅう真っ白になってた。バスケットコートのラインが見分けられないくらい、本当に真っ白。そこまで行くと、普通のモップじゃ歯が立たないんだよね」

どんな順番で、どんな道具を使えば、最も早くきれいになるのか。大風の夜の翌日、午前中の授業をすべてつぶして掃除をするたびに、みんなで試行錯誤《しこうさくご》したものだ。

「運動場も、困ったもんやったでしょ？　砂が吹き飛ばされて、硬か地面がむき出しやったけん」

いのりの言葉に、わたしはうなずく。

「ちょうど持久走の季節で運動場をよく走ってたから、膝や腰に悪い影響が出るんじゃないかって、大輔先生が心配してた」

閉校式でいちばん泣いていたのは、大輔先生だったかもしれない。自分が小学生だった頃の六年間に加え、正式に学校の先生になって最初の二年間も、江曽良小だったのだ。

ガクが、踊《おど》るようにくるりとターンした。

「みんな心配《ざまんごて》しよったけど、閉校式は、よか天気に恵《めぐ》まれたたい。砂嵐《すなあらし》にも吹かれんで、本当よかった！」

集落の背後に広がる山の中に、ぽつぽつと白っぽい花が咲いていた。山桜《やまざくら》だった。

冬の間くすんだ色をしていた山は、三月下旬には花の季節を、それから一月ほどすれば若葉の季節を迎える。移り変わっていく色合いと、花や若葉のにおいを、わたしは美しいと思った。

秋と冬は二度、春と夏は一度しか経験しなかった。

それでも、思い出の場所に立てば、次から次へと鮮やかに思い出せる。

わかしおが、遠慮がちにわたしの上着のそでをつまんだ。

「校舎のほうも行こうや。また何か思い出せるやろ」

ガクは真っ先に駆けだしていた。体育館の出入り口のところで足を止めて振り返る。

「ぼけっとせんで、早《は》よ来い！」

いのりがとことこと駆けていく。わたしが小走りで続くと、わかしおもついてきた。

＊

渡り廊下を通って、木造の校舎に入った。

校舎は、赤い瓦屋根の平屋建てだ。体育館と同じく、窓枠は錆びかけのスチール製で、厚手のすりガラスが入っている。

もちろん、エアコンなんかついていなかった。冬は隙間風が冷たかったけれど、ストーブすらなかった。

廊下の真ん中に白線が引かれている。白線の上に、木彫《きぼ》り細工《さいく》の花台が点々と置かれている。

壁の漆喰《しっくい》はひび割れていた。そのひびがどんどん広がって、いつかは壁が割れてしまうんじゃないかと、ひそかに怖かった。

手洗い場のシンクは大理石でできている。歯みがきの時間、ふと頭上を見たら大きな蜘蛛《くも》がいて、悲鳴を上げたことがあった。

廊下を小走りで進むガクが、ある教室の前で立ち止まった。

「ここやったろ？」

得意げな顔。何でも知っているぞ、と言わんばかりだ。

わたしは素直にうなずく。

「ここだね。わたしが一年半、過ごした教室」

出入り口の上に掲げられた室名札には、わたしが卒業したときのまま、「六年生・五年生」と書かれている。

複式《ふくしき》学級といって、複数の学年が一つの教室で授業を受けるシステムだ。わたしとメグンと、一学年下のタカたち三人、合計五人がクラスメイトだった。

教室の中は、ガランとしている。当然だ。普通の広さの教室に、机は五つだけしか入っていないのだ。

「でも、にぎやかだったよ。先生を入れてもたった六人だったのにね。この規模《きぼ》だと、少人数制の塾《じゅく》みたいだよね」

ふと気になった。

授業の進度はどうだったんだろう？

中学、高校、大学と、すべて大きな学校に通っていた。その学校生活を経《へ》たうえで振り返ると、この教室には不安になる。

わたしは五島を離れて千葉の中学に進学して、ずっと塾に通って勉強していた子たちに交じって、ちゃんとやれたんだっけ？

父の言葉がまたリフレインする。

——五島には何もなかった。

いや、本当にそう？　何もなかった？　わたしはこの小さな江曽良小学校で、何も得るものがなかったの？

覚えていないことが多すぎる。

もっとちゃんと思い出すべきだ。だって、今のわたしに至《いた》る道の分岐点《ぶんきてん》がそこにある。失敗と挫折《ざせつ》に打ちひしがれている今の根っこが、そこにあるはずなのだ。

いのりがわたしの手を取った。

「見たら思い出すよ。やけん、いろいろ見て回ろう！」

引っ張られて、廊下に出る。

千葉の小学校に通っていた頃は、何度か校内で迷子になった。

児童数が千人を超えるマンモス校だった。どんどん増える児童数に対応するため、校舎は四つの棟《とう》に分かれて、複雑なつながり方をしていた。

保健室を目指していたのに、道を間違えてたどり着けず、途中でぜんそくの発作を起こして動けなくなったことがあった。二年生の頃のことだ。

上級生が助けてくれたけれど、大騒ぎになった。あの出来事も、登校前に大きな不安に襲《おそ》われるきっかけの一つだった。

また校内で迷ったらどうしよう？

またぜんそくの発作が出たらどうしよう？

また上級生に迷惑をかけたらどうしよう？

不安が高じると、体調が悪くなった。朝、歩いて学校に行けない日もだんだん増えていった。

迷宮《めいきゅう》のようだったそれまでの学校とは打ってかわって、江曽良小の校舎は実にシンプルだ。

「そうだ、特別教室の数が足りてないんだった」

理科室と音楽室と図工室がある。それだけだ。必ず使うはずなのに足りていないのは、家庭科室。

　ガクが勢いよく理科室の引き戸を開けた。

「くさか！　薬品のにおい！」

　楽しそうに笑って文句を言う。

　信じられないことに、昔の江曽良小には、一学年に二十人くらいいたらしい。その人数が授業を受けられるよう、理科室に備えつけの大机は六つある。

　理科準備室には、児童数が多かった頃の名残《なごり》で、古びた道具類がたくさんしまわれている。ガクが文句を言った薬品のにおいが、準備室のほうはいっそうきつい。

　ホルマリン漬《づ》けの魚や蛇《へび》が並んでいる棚がある。漬けられた生き物は白っぽく変色し、少しふやけたようにもなっている。

「これ、苦手だったなぁ」

「うちもちょっと苦手。ナナンもメグンも、見らんごとしよったよね」

「見たくなかったもの。ホルマリン漬けの棚の向かい側に、家庭科の調理器具やお皿が置かれてるの。この組み合わせ、さすがにぞっとするよね」

　ガクはけらけら笑っている。

「ナナンの怖がり！」

「おい、せからしかぞ」

わかしおが、ガクの頭をパシッとはたいた。「せからしか」というのは「やかましい、うっとうしい」という意味だ。

家庭科室のない江曽良小では、調理実習は理科室でするものだった。理科も家庭科も火や水回りを使うから、ということだろう。

「初めの頃は、メグンの手際のよさに圧倒《あっとう》されっぱなしだった。調理実習も裁縫《さいほう》もミシンかけも、何でもできるんだから」

料理は家の手伝いで身につけ、裁縫は趣味だと言っていた。元気いっぱいのメグンは、男の子みたいに短い髪で、よく日焼けして、まさか裁縫が得意なようには見えなかったけれど。

一緒に過ごすうちにだんだんわかってきた。メグンは、手先を動かして何かをするのが好きだった。図工の彫刻《ちょうこく》でもちょっとした機械いじりでも、お菓子作りでも裁縫でも、何でもいいらしかった。

江曽良島での子どもの遊びというのは、千葉に比べれば限られていた。特に、女の子の遊びや趣味だ。

かわいいメモ帳やレターセット、シールなんかを集めて、隠して学校に持っていって、友達と交換する。放課後や休みの日にはショッピングセンターに出掛けて、買い物をしたりプリクラを撮ったりする。

そういうのが、イケてる女の子の遊びだった。レターセットやシールの交換くらいなら、そこまでイケてなくても、仲のいい子とこっそりやってみたりもできた。

江曽良島には、そういうイケてるものが何ひとつなかった。

その代わりに何をするかといえば、メグンの場合は手芸や工作だったたし、タカは釣りだった。図書室の古い本を片っ端から読みまくる子、一輪車や竹馬をずっと練習している子もいた。

「だから、わたし、絵を描き続けてたんだ」

いつかの大雨の日曜日、メグンとタカがうちに遊びに来たときのこと。

メグンは妹の誕生日のためにテディベアを縫っていた。タカは大人向けの釣りの本を見ながら、ルアーを作っていた。

黙々《もくもく》と自分の作業を続ける二人のそばで、わたしも一心不乱に絵に色をつけていた。わたしは水彩絵の具で船や景色を描くのが好きだったけれど、下級生に頼まれれば、漫画のキャラクターも描いていた。

わたしたち三人は、元気印と大人に呼ばれる一方で、いつも騒いでいたわけではなかった。

一緒の場所にいて、それぞれの世界に没頭《ぼっとう》できた。しゃべらずにいても、退屈ではない。そんな関係が心地よかった。

音楽室の思い出は、合奏の練習を頑張ったこと。

教科書に載《の》っているとおりの合奏をやるには、全校児童十二人に加え、先生たちまで総動員する必要があった。

そうやって練習した合奏は、学習発表会で地域の大人たちの前で披露した。

図工室の思い出は、片づけが楽だったこと。

次に使うクラスのために慌てて片づける、という必要がなかった。描きかけの絵も途中になっている工作も、そのままでよかった。

わたしはこっそり、図工室を「わたしのアトリエ」と呼んでいた。

音楽室と図工室を経て、わたしたちは、再び普通教室の並びに戻った。

一、二年生の教室の隣の室名札を、いのりが指差す。

「ね、こん部屋！」

「ああ、給食室」

読み上げながら、わたしはちょっと笑ってしまう。江曽良小に転校してきて、給食にもびっくりしたんだ。

わかしおが、苦笑いをにじませた顔を伏《ふ》せた。

「不思議か給食っち話題になっちょったけんな。あん頃でん、あぎゃん給食は若松町だけやったっぞ。まわりの町は、ちゃんとした給食のあった」

「え、そうだったんだ？」

「知らんやったっか」

「全然。江曽良島のことしか知らなかった。よその町の学校に友達ができるようなチャンスもなかったし」

給食室の中は、ついたてで二つに区切ってある。半分には畳が敷かれ、ちゃぶ台のような座卓《ざたく》が四つ置かれている。

もう半分は、大きめの台が真ん中に置かれているだけだ。四時間目が終わろうとする頃、この台の上に給食が届けられていた。

黒板に給食のメニューが貼《は》り出されたままになっている。メニューは曜日ごとに固定されていた。


月曜日は、たまごパンと牛乳。

火曜日は、黒砂糖パンと牛乳と、牛乳用のココアパウダーかコーヒーパウダー。

水曜日は、食パンとジャムと牛乳。

木曜日は、はちみつパンと牛乳。

金曜日は、コッペパンと牛乳。ときどきパインパンに変更されることがあった。

第一と第三土曜日は昼まで学校があって、給食は牛乳だけが出ていた。

不思議な給食というのは、つまり、おかずがないからだった。わたしたちは、小さめの弁当箱におかずだけを詰めて、学校に持ってきていた。

お昼はこの給食室に全校児童みんなで集まって、パンと弁当のおかずを食べ、牛乳を飲んだ。

「ここに住んでた頃は、給食でしかパンを食べることもなかったな。若松の商店街にもパン屋さんがなかったし」

「ナナンは、どのパンが好きやった？」

いのりに訊かれ、わたしは答えた。

「黒砂糖パン。コッペパンの形で、ぼそぼそしてたけど、何となく好きだった。あと、黒砂糖パンの日は、牛乳に入れるパウダーがついてて、特にココアのがおいしかったんだ」

逆に、苦手だったのはパインパンだ。小さなつぶつぶのパインが焼き込まれたコッペパンだった。あのパンは、メグンも苦手だと言っていた。

たまごパンとはちみつパンは、どちらもモコモコした筋斗雲《きんとうん》のような形をしていた。味の違いはよくわからなかった。

ガクが、きょとんとして尋ねた。

「わかしお、どぎゃんした？」

懐かしさにくすくす笑っていたわたしは、わかしおがうつむいていることにようやく気づいた。元気がない。

わかしおは、うめくように言った。

「若松町の学校があぎゃん給食やったとは、俺のせいでもある。俺は……渡海船は、維持《いじ》と運営《うんえい》に金んかかる。ばってん、町では、通学に使う子どもたちから船賃《ふなちん》ば取らん約束やった。バスも同じやったはず」

「わかしおやスクールバスの通学用の運賃は、町が出してたってこと？」

うん、と、渡海船と同じ名を持つ少年はうなずいた。

「ナナンが小学生やった頃にはもう、子どもの数が少のうなって、学校の統廃合がどんどん進みよった。校区が広がって、歩いて学校に通えん子どもがかなり多かった。そのぶん、乗り物んための予算がかさむ一方やった」

「そっか……」

子どもの頃は考えたこともなかった。渡海船とスクールバスの維持、運営による赤字だなんて。

父がこぼしていた言葉を、また思い出した。

——五島には何もなかった。

そうか、と腑《ふ》に落ちるところがある。

大人になって社会や経済について知って、自分が暮らしていた町のわびしさに気づいてしまった。そんな父の気持ちも、わからないでもない。

わかしおは、痛みをこらえる顔で笑った。

「俺は、町のお荷物やったけんなあ」

「だから、いなくなってしまったの？」

「ああ。もう俺が若松の海ば走ることはなか」

「だけど、本当はまだ走れたでしょう？」

「しょんなか」

仕方がないのだ。時間は流れ、そして、戻ってはこないのだから。

わたしは、胸が苦しくなって黙った。わかしおは、スッと風のように近づいてきて、少し背伸びをして、わたしの頭をぽんぽんとなでた。

給食室を出て、図書室をのぞいてみる。

本棚の並ぶ壁の上に、横長の大きな一枚絵が飾られている。ピカソの『ゲルニカ』の模写《もしゃ》だ。わたしたちの代より二十年くらい前の卒業制作らしい。

「あんなに大きな絵を描けるくらいの人数がいたんだなって、びっくりしたんだよ」

よくできた模写だと思う。

ナチス政権下のドイツ空軍によって爆撃《ばくげき》を受けたスペインの村、ゲルニカの惨状《さんじょう》を描いた絵だ。抽象《ちゅうしょう》化された人物や動物が、叫び、嘆き、もだえ、苦しんでいる。

「この絵が怖くて図書室に入れないっていう一年生がいたよ。その気持ちはよくわかる。ほんと、よくできてるもの」

誰がこんな卒業制作を思いついたんだろう？　もしわたしとメグンも自由に題材を選べるのなら、『ゲルニカ』の模写みたいな、どーんと大きなものを作ってみたかった。

でも、たった二人での卒業制作だ。『ゲルニカ』は現実的ではなかった。

実際に作ったのは、廊下に置くための花台だった。そういうキットがあったらしい。

本来なら一クラス四十人で制作するはずの、木彫り細工の花台だった。それを、わたしとメグンの二人で手掛けたのだ。作業量が多くて、かなり大変だった。

「あの花台、どこ行ったんだろ？」

ガクが、ぽんとわたしの背中を叩いた。

「安心せろ！　タカが若松小学校に持っていってくれた。ちゃんと使いよったぞ」

「あ、よかった。あの花台の彫刻、メグンと二人で相談して、すごい頑張ってデザイン決めたんだよ。力作だったんだから」

「およ。ようできちょった！」

ほめてつかわす、と言わんばかりに、ガクは胸を張った。わたしも、ふふんと笑ってみせた。

思い出したんだ。

今じゃないと見られない大切なものを、ここに彫刻しよう。失われてしまう前に、ちゃんと思い出に閉じ込めよう。それがわたしたちのテーマだった。

わたしが下絵を描いた。

江曽良小の校舎と体育館。江曽良教会。渡海船わかしお。

もっとたくさん彫りたかったけれど、自由な彫刻が許されたのは三面だけだった。残りの一面には、江曽良小の校歌の歌詞とわたしたちの名前、年次と日付、最後の卒業生である旨《むね》を彫る約束だったから。

そうだった。

あのとき、心に刻み込んだんだ。祈りを込めながら描いて、彫ったんだ。

忘れたくない。忘れませんように。

もしも忘れてしまっても、きっと思い出せますように。

大人になっても、覚えていられますように。


わたしは、ガクに向き直った。

「学校が好きになったのは、江曽良小だったからだよ」

「オイも、ナナンたちと一緒に遊びよったっぞ。授業も受けよったっぞ。昼休みも放課後も、みんな大活躍やった運動会も、卒業式も閉校式も。ナナンたちがここで過ごしよる間、ずっと見守っちょった」

覚えている気がする。

目には見えなくとも、そこにいた。

弱っていたわたしに真っ先に声を掛けてくれた温かさを、懐かしいと感じた。

学《ガク》は、十歳だったわたしを救ってくれた、この学校そのものだ。

「たくさん助けてもらったよ。楽しい思い出がいっぱいある。ありがとう」


いのりがわたしの手を握って、笑って見上げてくる。

「うちも、いつだってナナンや島のみんなのために祈っちょったよ」

白いベールをかぶったいのりは、江曽良教会のかつての姿だ。ミサがおこなわれなくなって、まるで眠りに就いたかのように静かになってしまった。

でも、わたしは覚えている。

「いのりも一緒に、大きな声で賛美歌を歌ってたんだね。あのね、わたし、あこがれてたことがあるんだ」

「あこがれって、何？」

「おばあちゃんは結婚したとき、江曽良教会で祝福を受けたんだって。わたしも大人になって結婚することがあれば、江曽良教会がいいなって思ってた」

いのりは、ぱっと明るく微笑んだ。

「そん日が来たら、うち、祝福するよ！」

わかしおは、照れくさそうにそっぽを向いた。

「俺はもう、昨日しゃべったけん」

「うん」

あんなにくり返し描き続けたモデルは、ほかになかった。渡海船わかしおの勇姿《ゆうし》に惚《ほ》れ込んでいた。本当に好きだった。

言ってしまえば、初恋の人と再会したかのような、どうしようもないくすぐったさがある。しかも、相手のほうもまんざらでもない様子なのだ。

現実に戻ったら、あの勇姿を見ることはもう決してかなわない。

だから今、こうして再会できたことを胸に刻んでおきたい。二度と忘れてしまわないように。

「また描こうかな。覚えてるから。わかしおの絵、誰かに見てもらいたいな。覚えてる人、わたしのほかにもきっといるよね」

わかしおは、ハッと目を見張って、わたしのほうを向いた。

その目が、晴れた日の海のようにキラキラと輝いていた。

＊

わたしは、ゆっくりと目を開けた。

部屋の中だ。

子どもの頃に使っていた、風の通り道になる部屋。卒業アルバムと、閉校記念誌と、額に入った絵に囲まれて、わたしは畳の上に座り込んでいる。

涙があふれてきた。

「懐かしいなぁ……」

夢を見ていたのだろう。

江曽良小の校舎は、とうに閉校になって、誰も立ち入れないまま朽《く》ちていこうとしている。体育館は取り壊された。

だから、あれは夢だ。絵空事だ。あの頃のままの校舎を探検して、思い出を拾い集めるなんて、夢でしかありえない。

わたしは、手の甲で涙を拭った。

「描きたい」

スポーツ刈りのやんちゃな男の子、ガク。

ベールをかぶった元気な女の子、いのり。

中学校の夏服姿の初恋の相手、わかしお。

あの子たちが見せてくれた情景、あの子たちと交わした言葉。忘れてしまいたくない。だから描きたい。

わたしは古い学習机に向かうと、スケッチブックの白紙のページを開いた。

いつの間にか、祖母が帰ってきていたらしい。ただいまという声が聞こえて生返事《なまへんじ》をした、ような気もする。

わたしが現実に引き戻されたのは、電話が鳴ったからだった。この家の電話は、祖母が畑にいても気づけるよう、ものすごく大きな呼び出し音を鳴らすのだ。

「ひゃっ」

わたしは椅子に掛けたまま跳び上がった。

祖母が「ごめんね」と言うように片手で拝《おが》む仕草をしながら、受話器を取る。

「はい、深浦でございます」

ちょっとよそ行きの祖母の声。

でも、電話の向こうにいるのは遠慮のいらない相手のようだった。祖母はすぐに「あ、何《なん》ね、元気しちょっとな」と砕けた言葉で話しだした。

そして、ほんの二、三往復の会話の後、祖母は受話器を離してわたしを呼んだ。

「ナナン、今話せるね？　メグンばい」

「えっ、メグン？」

わたしは慌てて立ち上がった。

5 コケオレ食堂——それから、これから

木製の青いドアを押し開けると、カラン、とベルが鳴った。

「いらっしゃーい！　ナナン、待っとったよー」

メグンがスマートフォンを置いて、カウンターの向こう側から出てきた。

わたしは深々と息をついた。

「よかった、どうにか無事にたどり着けた……」

背中がじっとりと汗で濡《ぬ》れている。久々に化粧をしたけれど、汗でファンデーションが浮いている気がする。

八月下旬の暑さのせいではない。これは冷や汗だ。

メグンはわたしの顔色を見て笑い飛ばした。

「なーん、ちゃんと運転してこれたやん！」

「めちゃくちゃひやひやしたよ。大学時代に運転して以来なんだから」

「この時間帯の江曽良から奈良尾なんて、交通量ゼロみたいなもんでしょうが。練習にちょうどよかったろ？」

「練習って……ひとさまの車を借りてきたんだよ？　怖かったってば。メグン、薄《はく》情《じょう》だよ。もうちょっと慣れるまで助手席で教えてくれるって言ったのに……」

メグンが祖母の家に電話をかけてきて、その翌日に久々の再会を果たした。

それ以来、三度、奈良尾に住まいを定めたメグンは、江曽良島まで車を飛ばして会いに来てくれていた。

ところが、昨日の夜、いきなりメグンから呼び出しの電話がかかってきた。「明日の昼頃、うちの店に来てよ。お昼おごるし」と。

店とはいっても、まだオープン前。メグンがしゃかりきになって準備している真っ最中だ。

とにもかくにも、わたしは急遽《きゅうきょ》、明美《あけみ》おばちゃんの軽自動車を借りて、自力で運転することになった。明美おばちゃんというのは、教会の掃除仲間で、たびたび祖母たちを車に乗せて買い物に行ってくれる人だ。

メグンは楽しくてたまらないみたいに、顔をくしゃくしゃにして笑っている。

「もうこれからは一人で来れるたいね」

「車さえあればね。練習しなきゃ……」

「大丈夫、すぐ慣れるって！」

笑った顔は、子どもの頃の面影《おもかげ》がたっぷりある。でも、すっかりあか抜けて、ちょっとドキッとするくらい美人になっている。

子どもの頃のメグンは、太くて硬い質の癖毛《くせげ》なのを嫌がって、髪を短く切りそろえていた。色が真っ黒なのも気に入らないと言っていた。

今はさらに短くして、明るい色に染めている。ニュアンスパーマをかけているのかなと思ったら、地毛の癖そのままらしい。個性的なベリーショートは、元気なメグンによく似合っている。

メグンは笑いを収めると、わたしに訊いた。

「例のものは持ってきてくれた？」

わたしは、肩に引っかけていたトートバッグを胸の前で抱きしめた。

「持ってきてみたよ。でも、合わなかったら使わなくていいから」

「合うに決まっとっけん持ってきてもらったと！　ほらほら、出して」

わたしはメグンが指し示すテーブルの上に、トートバッグの中のものを取り出して並べた。

A5サイズの絵が二枚。それぞれ、濃い色をした木のフレームに入れてある。

描かれているのは、白いベールをかぶって祈るおばあさんと、船着き場に停泊する白い船。

つまり、六年生の頃に受賞した二枚の絵だ。

あの二枚の絵を祖母が今でも保管していると伝えたら、メグンは、ぜひとも見たい、むしろ売ってほしいと鼻息を荒くした。

自分の絵を売る、というのが、ピンとこなかった。それに、あの二枚の絵は祖母にあげたものだ。

だから、Ａ５サイズに縮小コピーしたものを額装してメグンのもとに持っていく、というので、ひとまず話がまとまった。

メグンは、ああ、と嘆息した。

「懐かしか！　ナナンの絵だー！」

「そ、そう？　そんなに記憶に残ってたんだ？」

「当たり前たい！　特にばあちゃんの絵のほう、すごい好きやけんさ。写真に撮って一枚ほしいって、昔もお願いしたとに、ナナンはくれんやったでしょ」

「そうだったっけ？」

「覚えとらんと？　何て薄情な！」

怒ったふうなことを言いながらも、メグンは上機嫌だ。

白く塗られた壁に、わたしの古い絵を持っていく。そして大胆《だいたん》にも、いきなり壁に画鋲を刺して、額を掛けてしまった。

「壁、穴開けていいの？」

「いいのいいの！　この店、上の居住空間ごと、もうあたしの持ち物になっとるけんね。壁にも傷をつけ放題。本棚も造りつけようと思っとるとこ」

もともとこの家はメグンの伯父《おじ》さん夫婦のものだった。伯父さんの通院のために、夫婦そろって長崎本土の息子さんのところに引っ越すことになったので、メグンが格安でこの家を引き継いだのだ。

メグンは、伯父さんがここで営《いとな》んでいた定食屋にあこがれていた。いつかここで働きたいとも言っていた。

この間、メグンから十五年ぶりに電話を受けてしゃべっているうちに、小学校時代のメグンの夢を思い出した。伯父さんのように店を持ってお客さんに料理を振る舞いたい、という夢だ。

——まあ、今のタイミングかどうか、さすがにちょっと悩んだけどね。

メグンはそう打ち明けてくれた。福岡のレストランでの仕事は順調で、チーフを任されていた。支店長に昇進するという話もあったらしい。

でも、メグンはやっぱり五島に帰ることを選んだ。子どもの頃からの夢をかなえるために。

古びていた定食屋の内装は一新されて、シンプルでおしゃれなカフェレストランに生まれ変わっている。

生成《きな》り色の壁と天井に、青い窓枠。ガラスの向こうに、庭のフェニックスの木がのぞいている。

濃い色をした木目調のテーブルセットやカウンター内の食器棚は、定食屋の頃のままだ。

うちの店に似合う絵がほしい、とメグンに頼まれた。久方ぶりに再会した日のことだ。あまりにいきなりで、びっくりした。

メグンの頭にあるのは、子どもの頃にわたしが描いていたような、江曽良島の身近なものが主役の水彩画だった。

わたしは、照れくさい気持ちで、壁に飾られた自分の絵を見つめた。

メグンは、じれたようにわたしの腕をぱしんと叩く。

「ねえ、どう思う？」

「……悪くない、気がする」

「すごくいいよ！　ねえ？」

メグンが同意を求めるように振り向くと、男の人の声が答えた。

「おう、いいと思う」

わたしはびくっとして振り返った。

四つあるテーブルのいちばん奥の席に、男の人が着いていた。

年齢は、たぶん三十手前の同世代。日に焼けている。スポーツ系の白いTシャツと、ウエストまではだけた青い作業着を身につけている。

「えっと……」

誰？ いつからいた？

わたしがたじろいだのが、相手にも伝わったらしい。

「タカだよ。一個下の、濱隆也。メグンの従弟。覚えとらんとか言わせんぞ」

「えっ、タカ？ 本当に？」

すっとんきょうな声を上げると、メグンが噴き出した。

「面影《おもかげ》なかろう？ おっさんになっとるもんね」

「おっさんっち言うな」

「ひげがヤバいよね」

「くそ、似合わんってか？」

「似合いすぎるけん、おっさんに見えると」

タカは顔をしかめて口元をむずむずさせた。

あっ、と思った。今の顔は、確かにタカだ。照れ笑いをこらえているときの顔。

「タカも上五島にいるの？」

「おう。若松におる」

「えっ、そうだったんだ。いつから？」

「半年ぐらい前。じいちゃんの自動車修理工場、人手が足らんけん、俺が手伝うことになった。工場んとこに住んどる。母ちゃんもこっちに移ってきとっけんな」

タカは、のそりと立ち上がった。肩幅《かたはば》が広く、胸板《むないた》も厚くて、ずいぶんガッシリしている。わたしより背が低かった頃しか知らないから、そのギャップには、ぽかんとするしかない。

メグンが遠慮なく笑って暴露《ばくろ》した。

「こいつ、早くもバツイチなんだよ」

「えっ？　何で？」

「甲斐性《かいしょう》なしってことで振られたんだっけ？」

メグンに水を向けられて、タカは顔をしかめた。照れ隠しではない、本物のしかめっ面《つら》だ。

「言わん。子どもはおらんし、お互い慰謝料《いしゃりょう》なしってことで示談《じだん》成立。ただ、家から追い出されたけん、仕事も辞めて五島に帰ってきた」

話を聞いて、ちょっと親近感を覚えた。タカも、いろいろ失ってきたんだ。

「何か奇遇《きぐう》だね。今までほとんど連絡をとらずにいたのに、同じくらいのタイミングで、こうして三人、五島で再会するなんて」

メグンはうなずいた。

「五島には大学がないし、商業と看護以外の専門がやれる高校もないやん。それで、いったん外に出る人が多い。出たら戻ってこん人も多い。あたしたちが今そろっとっとも、ほんと、いろんな偶然の結果やもんね」

メグンは上五島の高校を卒業後、福岡の専門学校で調理師免許を取って、九州ローカルでチェーン展開するレストランで働いていた。

タカは高校進学のタイミングで地元を離れた。長崎本土で下宿《げしゅく》しながら工業高校に通い、卒業後は大手中古車販売店の整備部に就職した。

でも、とタカが異論を唱《とな》えた。

「五島に移住する人、近頃、増えよっとやろ？」

「あたしもそれ聞いたけん、青方の新上五島町役場まで行って調べてきたよ。店の開業の補助金、出らんかなと思ってさ。あたしもUターン移住ってやつたい？」

「確かに」

「でもまあ、移住者が増えよるとはいっても、減っていく人口をカバーできるほどの人数じゃなさそう。残念ながらね」

昔住んでいた頃の町名、若松町というのは、今はもうない。若松町や奈良尾町、青方地区を含む上五島町など、上五島にあったすべての自治体が合併して、新上五島町になった。

　わたしは首をかしげた。

「どっちかっていうと、わたしはUターンじゃなくて、純粋な移住者寄りの立場かも。昔住んでたって言っても、たった一年半だし」

「Iターン移住者ってやつやね」

「なるほど、Iなんだ。行ってそれっきりってことだね」

　五島を生まれ故郷だとは言えない。育った土地を訊かれたら、基本的には千葉、と答えてきた。

　タカが切れ長の目を見張った。

「ナナン、こっちに移住するつもりや？」

「あ、うん」

「マジで？」

「うん。あれ？　メグンから聞いてなかった？」

「初耳」

　メグンはにんまりした。

「ちょっとしたサプライズ。嬉しかろう、タカ？」

「知るか」

サプライズが嫌いなタイプらしい。タカは顔をしかめた。

でも、メグンはどこ吹く風だ。

「ナナン、中古の軽自動車が必要って言っとったろ?」

「ほしい。うちのおばあちゃん、全然元気なんだけど、腰が痛むときがあるから整骨院には通いたいらしいんだ。わたしが運転すれば、奈良尾か青方の整骨院に通える。買い物も便利になる。ミサにも、また通えるようになる」

「だったら、車のことはタカのじいちゃんに頼めばいいよ。中古車販売の代理店もやっとるけん。やろ?」

タカがうなずいた。

「うちを通してもらえたら、いろいろ便宜《べんぎ》を図《はか》ってやれる。実物が届くまで代車も貸してやる。運転が不安なら、俺が教習してやる」

「それは助かる! 教習、お願いしたい!」

食いついたわたしに、タカはちょっとのけぞった。

歯車が動きだしたような、確かな手応えがある。

胸の奥がじんわりと熱い。

くたびれ果ててバラバラに壊れていた心に、かさぶたができた。わたしはもう、心の血を流してはいない。

江曽良島に移住したいという話は、まず祖母に伝えた。祖母は、当たり前と言わんばかりの顔をしてうなずいた。

次にメグンに話した。でも、そのときにはもう島の誰からか聞いていたらしい。「知ってるよ」というリアクションだった。気負っていたわたしは、盛大に肩透かしを食わされた。

両親に伝えたのは、ようやく昨日になってからだ。電話口で、まず母に話し、それから父に代わってもらって、ちゃんと伝えた。

「わたしは江曽良島が好きで、ここに住みたいと思った。もう決めたの」

いつの間にか正座をして、わたしは父と話した。

父は一つずつ質問してきた。

仕事はどうするのか。不便だと感じないのか。東京に未練はないのか。お金に困ることにはならないのか。体は大丈夫なのか。祖母が病気になったらどうするのか。

いちばんずしりと重たかったのは、父自身の実感がこもった質問だった。

「五島は、きれいな場所だ。でも、住んでみれば、それだけではないことがわかってくる。悪いところも嫌なところも見えてくるだろう。周囲との距離があまりに近くて、うっとうしいと感じることもあるだろう。そうなったら、どうする？」

父と話し合いをしたのは、これが初めてかもしれなかった。それまでに父と交わした大事な話といえば、一方的に決定事項を告げられ、わかったと答えただけだ。

わたしはもともと病弱の不登校気味で、両親にさんざん迷惑をかけてきた。そのぶん、江曽良島から両親のもとに戻ってからは、聞き分けのいい娘であることに徹していた。

初めて、わたしは、父の選ばない道を進もうとしている。

初めて、父が慎重な口ぶりでわたしに意志を尋ねていた。

わたしは言葉を選びながら、はっきりと答えた。

「暮らしているうちに嫌なところが見えてくるのは、どこに住んだって同じだと思う。少なくとも、わたし、東京は合ってなかったって自分で思うんだ」

「東京よりも五島のほうが、まだいいのか？」

「まだいい、どころじゃないよ。ずっといい。わたしにとっては」

そうか、と父はうなった。

「まあ、今の世の中には、ネットもあるからなあ……」

それが父の降参宣言だった。わたしに五島移住をあきらめさせるのは無理だと、早々に判断したらしい。

「心配なら、今度、遊びに来たらいいよ。おばあちゃんの家、ちょっとリフォームして住みやすくなってるし」

そう誘ってみたら、思いのほかあっさりと、父は「そうだな」と言った。閉校式にもかたくなに出席しなかったけれど、年を取っていくらか丸くなったのかもしれない。

それでね、と、メグンは改めてわたしに告げた。

「電話でも伝えたとおり、この二枚の絵は、コケオレ食堂で買い取らせていただきます。継続して描いてもらいたいとも思っています」

コケオレ食堂というのが、メグンがこれからオープンさせるカフェレストランの名前だ。

由来を訊けば、何と五島弁。「ここに居ろ」という意味の「こけ居《お》れ」だ。

「わたしの絵で、本当にいいの？」

「ナナンの絵がいいと。だけん、また描いてよ。壁じゅう、あちこちに飾りたい。それにさ、あたし、ここで雑貨も売りたいっさね」

「雑貨？」

「ハンドメイドの小物とかアクセサリーとか」

「メグンが作るの？　小学生の頃から、手芸うまかったよね」

んー、とメグンはうなった。

「それもいいなとは思うけど、まだ余裕ないかな。開店と営業の手続きとか宣伝とか、こまごまと大変でさ」

「そっか。じゃあ、ほかにクリエイターがいるってこと？」

「うん。高校時代の友達のばあちゃんが、古い着物の端切《はぎ》れや帯で小物を作りよっと。ボケ防止って言って、だいぶ前からひっそりと。その和柄の小物がめっちゃかわいいんだよ！」

「もしかして、そのエプロンも？」

指差すと、メグンは勢いよく首を上下に振った。

「そう、これも！　めっちゃよくない？」

パッと見にはデニムのエプロンかな、と思った。

でも、近くで見たら、藍染《あいぞ》めの着物の端切れをつないだパッチワークだとわかった。伝統柄が染めてあったり、赤や黄色の糸が織り込んであったり、いろいろ交じっているのがにぎやかで、メグンの雰囲気に合っている。

「うん、すごくいい」

「これは開店の前祝いでプレゼントしてもらったんだ。でね、つまみ細工のアクセサリーからパッチワークのエプロンまで、いろんな種類の作品があって、在庫も山ほどある。あたしはそれを世に出したいと」

へえ、と、わたしは感心した。

「いいね」

「やろ？　そのばあちゃん、ヤヱさんってさ、この近くに住んどるし、店にも気軽に遊びに来てもらいたいっさ。ここで小物作り教室をやってもらってもいいやんね」

「すごい。夢があるね」

メグンは目を輝かせている。

「そりゃあ、子どもの頃から考えとったもん。食堂をやりたい、ただの食堂じゃなくておもしろい店がいいってさ。その青写真が、やっと形になるよ」

「ぶれないんだね、メグンは。ほんと、すごいよ」

「でしょお？　それでさ、ナナンの絵も、ポストカードにしたら売れるっちゃないかなって考えとるとこさね。五島みやげとしても価値あると思うよ」

いきなり言われた。

「えっ、ポ、ポストカード？　わたしの絵の？」

メグンは、当然でしょ、と言わんばかりの顔をしている。

「だって、この間家に遊びに行ったとき、また描きよったろ？　島の端っこの砂地のとこやんね、あの絵」

「そ、そうだけど……いや、でも、まだ全然、思うような色にならなくて、重ね塗りして試行錯誤してる段階で」

水彩絵の具の使い方、色を重ねるときのコツすら忘れていた。にじんで紙がグシャグシャになるのを何度かくり返すうちに、やっと思い出せたところだ。

「完成したら教えて。額に入れて店に飾るけん」

「え、待って。飾るのは決定事項なの？」

「もちろん！　だって、ナナンが卒業式で宣言したこと、実現させたいけんね。覚えとらん？」

「卒業式で、宣言……」

キーワードがつながって、まるでパズルが解けるみたいに、一つの情景を思い出す。

それは、江曽良小の伝統だった。

卒業生は一人ずつ、壇上《だんじょう》で校長先生から卒業証書を受け取る。校長先生の前を辞すると、壇から降りる前に、会場に居並ぶ人々の前で「これからのこと」を宣言する。

六年生のわたしは、二つの決意を言葉にした。

「これからは積極的に人前に立って、堂々とスピーチができるようになりたいし、リーダーとして頑張ってみたい……」

タカが、ポンと手を打った。

「それや。ナナンが卒業式で普段と違う感じやったけん、驚いたとやった。そうだ、リーダーって言いよったやんな」

自分で選んで決めた言葉ではなかった。

父と電話で話しているうちに、そう宣言すべきだと感じ取ったのだ。

珍しく父が電話をかけてきたのは、帰国の日程を告げるためだった。わたしは千葉に戻って中学に通うことが、その時点ですでに決まっていた。

親が決めた引っ越しに、子どもが反対することなんてできない。嫌だと言ったところで、何の力も持たない。

だから、わたしは父の望むとおりに、母の思い描くとおりに、立派にやるしかないんだと、何度も自分に向けてくり返した。

五島でちゃんとやっていたのだと示すには、自分が変わったことを、強くなったことを、両親に見せるしかなかった。

そうだった。

最初に肩肘《かたひじ》を張ったのは、卒業式のあの宣言だ。

わたしは苦い気持ちで、そっと笑った。

「あのとき宣言したとおりに、頑張ってみたんだよ。ずっと頑張ってみてたけど、結局、無理だった。向き不向きってあるよね。ほんと、だめだったんだ」

メグンはかぶりを振った。

わたしが祖母のもとで過ごすことになった経緯《けいい》を、メグンにだけは全部話してある。途中、涙でぐずぐずになりながらの長話だった。メグンは辛抱《しんぼう》強く聞いてくれた。

メグンの温かい手が、わたしの肩をぽんぽんとたたく。

「向いてなかったとしても、ナナンは頑張った。本当にえらかったと思うよ。五島から遠い中学に上がってからずっと、卒業式で宣言したとおりの自分を目指して、気を張ってたわけでしょ。もう十分、よくやったよ」

たったそれだけで、じんわりと目が熱くなってくる。我ながら他愛ない。

「ありがと。でも、やっぱり疲れた。きつかったんだ」

「ナナンは精いっぱい頑張った。やけん、ここでひと区切りしよう。仕切り直して、ここからまたやっていこう。ね？」

「……うん」

「卒業式でのもう一つの宣言も覚えとる？」

忘れていた。でも、思い出した。

思い出すことができた。

「いつか江曽良島に戻ってきて、また絵を描きたい。江曽良島の景色を、もっとうまく描けるようになりたい」

「その宣言、実行に移すときが来たっちゃない？」

すとんと腑に落ちた。

人生というものは、めぐり合わせやタイミング、人やものとの縁で形づくられているのだろう。

偶然に見えても、これはきっと必然なのだ。

わたしは、深い息を吸って、吐いて、そして顔を上げた。

「絵も、また描くよ。なかなかうまくいかないけど、描くことは楽しいんだ。時間を忘れて、ずっとやっていられる」

いつの頃からか、楽しくて没頭する、ということに後ろめたさを感じていた。成果を出すためには苦しくなくてはならない、と考えるようになっていた。楽しいのはずるい、忍耐こそが美徳だ、と。

だから、絵を描くことも遊ぶこともできずにいた。

おかしな話だ。

楽しく創《つく》り上げていくことの何がいけないんだろう？

がんじがらめだった心がだんだん軽くなる。

しばりつけていたのは、わたし自身だ。本当は初めから自由だったはず。

わたしはメグンに確認する。

「ねえ、コケオレ食堂のスタッフ、まだ雇《やと》ってないって言ってたよね？」

「まだだよ」

「わたし、働かせてもらえない？　こっちでの仕事、探し始めたところで」

メグンは、にぃーっと、嬉しそうに笑った。

「その言葉を待っとった！　よろしくお願いします！」

「ほんとにいい？　接客のバイトはやったことないし、料理自体、ほとんどやらずにきたんだよ」

「あたしが仕込んでやるけん大丈夫。ぼちぼち慣らしていこう。あたし自身、慣れたいし。そのために、オープンを九月にして、観光のハイシーズンからずらしたんだ」

「やっぱり、夏は混むのかな」

「たぶん。夏には帰省する人も多いしね」

タカがカウンターの椅子に腰を下ろし、頬杖《ほおづえ》をついた。

「よう、メグン。昼飯おごってくるっとじゃなかった？　いつまでしゃべっとっとや？　俺、腹減っとっとけど」

「ふてぶてしいなあ。かわいくない」

「アラサー男にかわいげなんか求めんな」

「はいはい。すぐお出ししますよー。ナナンもカウンターに座って」

メグンはいそいそとカウンターの内側に引っ込んだ。

わたしは言われたとおり、カウンターの椅子に腰掛けた。

メグンのほうをのぞき込めば、四角い木のお盆《ぼん》が三枚。お盆にはそれぞれ、大皿と小鉢と豆皿がセットされている。

大皿にはつけ合わせのサラダと青いペーパーナプキン、小鉢にはひじきの白和《しらあ》え、豆皿には胡瓜の漬物が盛られている。

「料理、もうできてるの？」

「うん。ちゃちゃっとよそって、すぐに出せる状態」

メグンは手際よくランチセットを完成させていく。

オーブンレンジから取り出されたグラタン皿は、大皿のペーパーナプキンの上に着地した。中身は、ふっくら蒸《む》し上がった白身魚。その上に、寸胴鍋《ずんどうなべ》から夏野菜のトマト煮込みをよそって、粉チーズをたっぷり振りかける。

ご飯は白米と雑穀米《ざっこくまい》が選べるというので、わたしもタカも雑穀米にした。メグンは三人ぶんの雑穀米をよそいながら言った。

「雑穀米のほうが健康によさそうやけん、あたしら世代は雑穀米を選びがちやろ？でも、親より年上の世代は、雑穀米は好かん人もおるみたいでね」

「何で？」

「子どもの頃、雑穀米しかなかったとって。白米に雑穀や干しいも《かんころ》や干し大根を足して、かさ増しせんばならんやった。だけん、今になってわざわざ雑穀米は食べんでいいって言うと。江曽良だけじゃなく、五島ではあちこちで聞く話だよ」

「だから二種類、用意してるんだ？」

「より多くのお客さんに、おいしく食べてほしいけんね」

味噌汁は、魚でだしを取っているみたいだ。白身魚の切り身がよそってある。うっすらと、透明な脂《あぶら》が浮いている。

　タカが口を開いた。

「夏野菜のやつの下に入っとっとは鯖《さば》で、味噌汁はあらかぶか」

「切り身を見ただけでわかるの？」

「そこの黒板に書いてあるやろ。まあ、鯖やあらかぶは、見りゃわかるが」

　タカが指差す先、メグンの背後の食器棚には、確かに、小さな黒板が吊《つ》ってある。そこにメニューが書かれているのだ。

本日の日替わりランチ
鯖の蒸し焼き、夏野菜のラタトゥイユと一緒に
ご飯（白米か雑穀米、選べます）

五島のひじきの白和え
あらかぶの味噌汁
胡瓜の浅漬け（塩分控《ひか》えめ）
甘夏みかんゼリー

あらかぶというのは方言で、図鑑に載っている名前はカサゴだ。高級魚らしいけれど、二十センチくらいまでの小さいものなら、江曽良島の防波堤から簡単に釣れる。特別な仕掛けもいらず、撒《ま》き餌《え》だけで。

手早く三人ぶんのランチを盛りつけたメグンは、さっとカウンターに運んできた。

「じゃ、食べよう」

メグンが言うより早く、タカは「いただきます」とつぶやきながら、ご飯とラタトゥイユをまとめて口にかき込んでいた。

「いただきます」

わたしはメグンと同時に箸を手に取った。

ラタトゥイユはほっとする味だった。蒸し焼きの鯖はふっくらして柔らかい。

ひじきの白和えは少し甘めの味つけ。あらかぶでだしを取った味噌汁は、こくがありながら上品な味に仕上がっている。

「おいしい」

わたしが短い言葉を漏らすと、メグンは顔をくしゃっとさせて笑った。

「よかった！　ナナン、いっぱい食べさせてやるけんね。やつれすぎやもん。ほっぺたがふっくらするまで太らせてやる」

「魔女みたい。『ヘンゼルとグレーテル』の魔女」

「うん、食べ頃になるのが楽しみ」

「ちょっと！」

メグンがけらけら笑うのにつられて、わたしも笑う。あっという間に、顔じゅうがじんわり痛くなる。表情筋をきたえ直さないと、しゃべったり笑ったりもままならない。

箸を進めながら、メグンは食材の一つひとつについて説明を加えた。

「全部このへんで獲れたものなんだよ。魚は漁協に買いに行ってきた。野菜類は、農協で投げ売り価格やったやつ。形が悪かったり傷があったりするけど、料理してしまえば一緒やろ」

「なるほど。地産地消《ちさんちしょう》なんだね」

「そういうコンセプトでいくつもり。仕入れ値が抑えられるし。もう一つ、試そうとしとることがあってね。ナナン、鹿《しか》や猪《いのしし》の肉、食べたことある？」

「え？　たぶんない」

メグンは身を乗り出してきた。

「上五島では年々、鹿や猪が増えよっと。あたしらが子どもの頃は、日島《ひのしま》の鹿と上荒川《かみあらかわ》の猪くらいやったけど」

「あの頃の若松にいたんだ？」

「知らんやった？　まあ、ナナンは若松中に通わんやったけん、江曽良小校区外のことは詳しくないか」

「うん。でも、増えてるって、どうして？　山って、十何年かで生態系のバランスがそんなに変わるものなの？」

「五島のケースで言えば、やっぱり人口がどんどん減って山に入る人がおらんようになって、そのぶん鹿や猪のテリトリーが増えよるみたい。それと、新たに泳ぎ着いたのもおる」

「泳ぎ着く？　どこから？」

「長崎本土のほう。平戸《ひらど》から宇久島《うくじま》は二十キロくらいの距離やけん、猪は余裕で泳いで渡るとって。で、宇久から小値賀《おぢか》、中通島、若松って、北から順に爆発的に増えよる」

「次は奈留島で、久賀島《ひさかじま》経由で福江島まで行くのかな」

地図を思い描きながら言えば、メグンは何度もうなずいた。

「今、旧若松町エリアは全部、本当にヤバいっさね。畑を荒らされたり、石垣《いしがき》やブロック塀を壊されて道がふさがれたり。直接襲われたって話はまだ聞かんけど、道が荒らされたせいで転んだっていう怪我人は出とる」

「深刻なんだね」

「夜に車走らせたら、けっこう見るよ。あいつら、目が光るけん、すぐわかる。被害がひどいところでは、畑や家のまわりに金網《かなあみ》の垣根《かきね》をめぐらせるとかで対策しとるけど、全然追いつかんとらん」

タカも話に加わる。

「旧若松町だけじゃねえよ。上五島全体だ。自動車事故の被害もひでえ。猪にしろ鹿にしろ、走ってきたのと正面衝突《しょうとつ》したら、廃車《はいしゃ》待ったなしの損傷ぞ」

「そんなにひどいの？」

タカはうなずいた。詳しく話そうとしたのか、口を開いたが、頭を振った。

「食事中に話すことじゃねえな」

そう言いつつ、タカはすでに平らげてしまっている。メグンがお代わりを尋ねると、遠慮なくご飯とラタトゥイユを求めた。

メグンはタカのお代わりをよそいながら、鹿肉と猪肉の話の続きに戻った。

「全国的にも、鹿や猪を地元産の肉として消費しようっていう動きが出てきよるっさね。商品化されとっとは、カレーの話をよく聞くかな」

チェーン展開のカレーショップでは、地域や期間を限定しての試《こころ》みだが、鹿肉カレーが導入された。思いのほか好評だったらしい。

関西の大学の中には、鹿肉入りの名物カレーをおみやげ品として生協のショップで販売しているところもある。

メグンは、仕入れてきたそれらの話を、わたしたちに教えてくれた。

「じゃあ、五島でも鹿や猪のカレーが作れたりする？」

「やってみようと思っとるところ。農協を通じて、猟銃《りょうじゅう》を使える人や箱罠《はこわな》を山に仕掛けとる人と話をつけたんだ。まずはお試しだけど、鹿や猪のカレーをメニューに載せてみるよ」

カレーならば、スパイスで肉のくさみを消すことができる。だから、より多くの人にとって食べやすくなるはず、とのこと。

メグン自身はまだ鹿肉や猪肉の料理を作ったことがないらしい。情報を集めている段階なのだ。

「この間、鹿や猪の肉料理のことを調べよったら、猟師さんに取材したネット記事があってさ。自分たちで獲って解体して料理作ってっていう話。地域活性の問題とも絡めて、三回にわたっての連載記事になっとって、けっこうな情報量やった」

「へえ。県内の記事?」

「ううん、関東。栃木《とちぎ》だよ。全然知らん場所やけん、地図で場所も調べたもん。ちょっと待って。記事そのものがそのへんにある」

メグンはパッと立ち上がると、二階へ続く階段に上半身を突っ込んだ。すぐに「あったあった」と言って戻ってきて、カウンターの上にクリアファイルを置いた。

クリアファイルに挟んであったのは、例のネット記事をプリントアウトしたものだ。記事は写真もふんだんで、確かに、なかなか充実している。

「各地で模索されている狩猟の六次産業化……高齢化集落・鬼頭《きがしら》地区。ハンターの高齢化と減少、その中での取り組みとは」

記事のタイトルを読み上げてみる。

タカが反対側からのぞき込んでくる。メグンがタカを押しのけて、タイトルを指差した。

「六次産業っていうとは、一次産業の農林や漁業、二次産業の製造業、三次産業の小売業のみんなでガップリ組んで一緒にやろうっていう取り組みのことね。五島やこの鬼頭地区みたいな辺境では、地域おこしのキーワードだよ」

「耳タコやな」

タカがうんざりした顔になった。

「そんなによく聞く言葉？」

「ナナンも青年会なり何なり、地域の寄り合いに入れ。しょっちゅう聞かされるぞ。漁協と企業と高校の商業科で組んで、新しいみやげもんの開発とかな。高校生が卒業せんうちに形にしてやりたいけん、締切《しめきり》が厳しい」

「なるほど」

わたしは狩猟のネット記事に目を落とした。

インタビューの中心になっているのは、鹿角《かづの》さんという七十代のおじいさんだ。猟師仲間も一緒に写真にうつっているけれど、鹿角さんを含め、お元気そうとはいえ高齢者ばかり。

栃木県日光《にっこう》市の過疎地区だという鬼頭地区では、猪、鹿、熊《くま》、猿《さる》も出る。こうした有害鳥獣による食害で農作物がすっかりやられてしまい、廃業に追い込まれる農家も多いという。

「管理する人がいなくなった畑は、江曽良島にもあるよね」

「上五島じゅうにあるよ。斜面につくったまま放棄《ほうき》された段々畑が、猪や鹿の通り道や餌場《えさば》になってしまっとるとって」

記事の中の遠い栃木の話が、わたし自身が目にしている五島の様子とリンクしていく。離れた場所ではあるけれど、わたしたちと同じ問題を抱えているんだ。

ところで、記事を読み進めるにつれ、驚いたことが一つ。

「高校生の女の子が、鹿の解体も料理も手伝ってる……！」

彼女は、まるで当たり前のことみたいに、「小さい頃から見てきたから」とインタビュアーに応じている。

この驚きは、覚えがある。

小学五年生だったメグンが魚を捌《さば》いたり、四年生だったタカが釣り道具を自作したりというのを目《ま》の当たりにしたときの驚きと同じ種類のものだ。

とはいえ、鹿の解体はまた一段階、驚きが大きい。

何しろ、その日畑に入り込んできたという鹿は、体重八十キロもの大物だ。高校生の彼女どころか、ハンターのおじいさんたちより重くて大きい。

タカも顔を引きつらせている。

「怖ぇな。五島の鹿は、ここまでデカくならねえ。でも、本州の山奥となると、こういう大物が出るってことか」

「猪はもっと大きいよ。本州の猪は、二百キロぐらいにはなるとって。上五島で獲れるやつは、三、四十キロくらいが多くて、最大でも八十キロ級って聞いたけど」

「いや、八十キロでも十分重いって。俺より重いんだぞ。この女子高生、どういう肝《きも》の据わり方してんだ？」

タカの様子を見ていて、改めて感じた。やっぱり、魚を捌くのと鹿を解体するのでは、受ける印象が違う。

その違いは、どこから来るんだろう？　鹿や猪は体温の高い動物だから、なのかな。

ところが、と言おうか。

メグンは目を輝かせて、やる気満々になっている。

「あたし、この記事に勇気をもらったっさね。やればできるって思った！　でさ、あたし、実はこの記者さんに電話かけてみたと」

「えっ？」

わたしとタカの声が重なった。

記事の終わりには、確かに記者名と所属、連絡先が明記されている。でも、いきなり電話？

「あたしも鹿や猪を扱えるようになりたいっちゃん。トメ刺し、血抜きから解体、料理まで、自力でやりたいと。この記事の鹿角さんにアドバイスもらえんかなってことで、記者さんに問い合わせてもらっとるところ」

「本当に？」

「もちろん。場合によっては、あたし、栃木まで修業《しゅぎょう》しに行くかも。そのときは、ナナン、一緒に行こうよ！」

「えぇぇぇ？」

さすがやな、と、タカもうなった。

メグンは、自分の目標のために打てる手をどんどん打っていく。知らない人にアクセスするのも怖がらない。

わたしが中学校入学時点で関東に戻ることになったのは、父の「島育ちでは社会性や積極性が養われないままになってしまい、大人になってから苦労する」という主張が決定打になった。

でも、結局は人それぞれじゃないか、と思う。

わたしは人前で積極的になりたくて必死であがいたけれど、うまくいかなくて。

一方、メグンの社会性と積極性と度胸のよさは生まれつきだ。相変わらず、というより、子どもの頃よりさらにパワーアップしたみたい。

かなわないな、と思った。まさに猪突猛進《ちょとつもうしん》。

わたしは肩の力が抜けた。

「メグンのそばにいたら、退屈するってことがなさそうだな。コケオレ食堂、お客さんがたくさん来るようになったらいいね」

「近所の人たちのいこいの場であってほしい。あと、観光客がふらっと入ってきて、翌年にリピートしてくれたりとかね」

「ほんと、夢がふくらむね」

メグンはわたしに手を差し出した。

「だけどさ、あたしひとりじゃできないんだよ。あたしは、ナナンと一緒にやっていきたいと」

わたしはメグンの手を取った。照れくさいけれど、ギュッと握った。メグンの目を見て笑う。

「ぎばる。ちゃんと楽しみながら。休みも入れながら」

「よろしい」

メグンはわたしの手をギュッと握り返してくれる。

タカが横目でこちらを見ながら、にっと笑っている。


わたしたちは大人になった。

挫折したり、くたびれたりもして、あの頃のままでは決してない。

わたしたちはこれから、うまくいくかもしれない。いかないかもしれない。

明日がどっちか、わからない。

だからこそ、進んでみたいと思う。明日の景色をこの目でしっかり見るために。

終

新しいスマートフォンを買って、改めて、電話番号を手に入れた。メグンやタカとのやり取りは、メールよりも即時性《そくじせい》の高い連絡ツールを使うことにした。

裏の畑にじゃがいもを植えた。台風《たいふう》を避けて、九月に入ってから植えてもいいらしい。でも、そわそわしているわたしを見て、祖母が「早《は》よ植えようか」と言ってくれた。

昨日、初めて祖母を助手席に乗せて運転した。タカの自動車修理工場で貸してもらった代車は、天井が高い一方で乗り口が低くて、お年寄りにも優しいデザインだ。

中通島の浦桑《うらくわ》地区に評判のいい美容室に、緊張しつつ行ってみた。同い年だという美容師さんと話したら、若松島の出身だそうで、メグンとタカをよく知っていた。

メグンのコケオレ食堂は、八月最後の土曜日に無事プレオープンを迎え、顔馴染みのお客さんでにぎわった。その中に、わたしたちの担任だった大輔先生もいた。

回り始めた新しい日々は、ほんの少し慌ただしい。

でも、手応えがある。楽しいと感じている。

一息つきたいときは、海際に出て潮風に吹かれる。

スマートフォンは家に置き去りにする。カメラ越しの海の色は、わたしの目に映るそれと、どこか違うから。

みどりの海が、今、ここにある。

覚えていたとおりの、日に日に違う色を見せる、みどりの美しい海が。

わたしは、わたし自身の目と手と心で、この海を描くのだ。

〈了〉

本書は書き下ろしです。

この物語はフィクションです。登場する人物・団体・名称等は架空であり、実在のものとは関係ありません。

いろどりブックス DEAR!

みどりの海を覚えている

2024年3月1日　初版発行

著　者　馳月基矢
装　画　tabi
発行者　百百百百
発行所　有限会社 EYEDEAR
神戸市須磨区西落合6-1-57-304
TEL/FAX 078-791-3200
https://note.com/eyedear
印刷所　株式会社精興社
装幀者　有限会社 EYEDEAR

ISBN978-4-911046-01-2 C0093